花伽藍

中山可穂

角川文庫
16274

目次

鶴 7
七夕 51
花伽藍 95
偽アマント 155
燦雨 191
解説 酒井順子 244

花伽藍

鶴（つる）

　彼女との性交は、底のない深い穴へどこまでも降下し続けてゆくような不安と恍惚がつねにつきまとっていた。確かにこの腕の中に搦《から》め取ったと思ったのに、次の瞬間にはもうするするとこの腕からこぼれ落ちていく肉体。何を考えているのか、どこへ行こうとしているのか、一寸先も読めない濡れた二つの目。つよく抱きしめれば砕けそうなガラスの骨。うそと真実との境を失って浮遊する言葉の群れ。くちびるに塗られたルージュだけが、わたしに抱かれたがっているしるしだった。わたしはキスでルージュをきれいに舐めつくしてから服を脱がせる。脱がせても脱がせても露《あら》わにならない正体に苛立って、彼女を覆っている透明な膜を爪で剝がそうとしても、その下からはまた別の皮膚が出てくるばかりだった。

　ノン気《け》の人妻をいくら抱いても海に香水をふりかけるような不毛な行為であることはよく承知しているつもりだったが、そういう無意味な情動に時として人は駆られてしまうものらしい。そのときわたしはひとりぼっちで砂漠にいて、喉が渇きすぎていたのかもしれない。あるいは彼女が森の中で道に迷って、寒さにふるえながら救助を待ちかねていたのだったろうか。

町内の夏祭りで初めて声をかけられたとき、青い闇に引き寄せられるように彼女の気配に引きずりこまれた。わたしはねじり鉢巻にハッピを着てやぐらに上がり、太鼓を叩いていた。リズムの取り方も、バチさばきも、このあたりでわたしにかなう男はいない。この町の男たちに太鼓の叩き方を教えたのはわたしの父であり、今はわたしが子供たちに教えている。わたしは祭りのたびに女にもてまくる父の背中を見て育ち、自分もまた女にもてたい一心で父に教えを乞い、いっぱしの太鼓叩きになった。

ごく若いうちから、夏はわたしのものだった。普段は蝸牛《かたつむり》みたいに目立たないのに、太鼓を叩くと、女たちばかりでなく男たちからも熱いまなざしを受けるようになった。わたしは女たちの視線にだけ反応した。自分は太鼓を叩くために生まれてきたのではないかと思ったが、プロになろうとは思わず、またなれるはずもなく、生活のためにその日暮らしのアルバイトをしながら、祭りで思いきり燃えるためだけに生きていた。わたしはまだ二十五歳になったばかりで、まともに就職する気になれないのは、史上最低の底冷えと言われる就職難の年に大学を卒業したことも無関係ではないが、夏にしか生きられない蟬《せみ》のような刹那《せつな》的な遺伝子が体内に組み込まれているとしか考えられない。父も、祖父も、蟬だった。あとの季節を空蟬《うつせみ》として死んだふりしてやり過ごし、自らの砂漠へ逃げ込んでいた。

その夜、ひと叩きして交代し、やぐらを降りると、イカ焼きを手に握りしめたままとりとわたしを見つめている彼女と目が合った。わたしはまず彼女の浴衣の着こなしに目を奪われた。白地に鮮やかに鶴《つる》が描かれた大胆なデザインと、それを目のさめるような真紅の帯で締め上げているところが絶妙だった。それとはなしに体の線を眺めようとしたとき、盆踊りの輪から弾けた人波が彼女にぶつかって、彼女の手からゆっくりとイカ焼きが落下していくのが見えた。頭よりも先に体が動いた。が、わたしが手をさしのべるより早く、白地の浴衣に茶色のしみがひろがった。次の瞬間には、下駄ばきの素足が醬油まみれになっていた。ああっ、とおおげさな落胆の声をあげたのはわたしのほうで、彼女は上気した表情で微笑を浮かべているだけだった。

「はやく、水で流さないと」

わたしは焦って水道の蛇口を探した。鉄板の上で焼かれたばかりの熱々のイカを落としたと思い込み、火傷《やけど》したのではと思ったのだ。だが彼女はのんびりと、

「太鼓、上手なんですね」

と言った。

「ちょっと待ってな」

あいにく、水道は焼きそばの鉄板を洗う業者でふさがっていた。わたしはかき氷の屋台で削った氷を分けてもらい、手ぬぐいにくるんで彼女の足にあてがった。そして垂れる滴《しずく》で汚れを拭《ぬぐ》った。

闇の中に蛍のように浮かび上がる白すぎる足は、氷よりも冷たかった。蛍にもし魂というものがあり、人間の肉体を借りて宿ることがあるならば、それはたぶんこのようにさみしく冷ややかでよるべないものだろうとわたしは思った。ペディキュアをしていないところも気に入った。慣れない下駄ばきの鼻緒の下に赤く擦りむけたちいさな豆ができていた。

「ご親切に、ありがとう」

「浴衣は早く洗ったほうがいいよ。家は近いの？」

彼女はそれには答えず、わたしと交代して太鼓を叩いている男を見上げて言った。

「あの人は駄目ね。あなたとは格が違うわ」

「そりゃ、年季が違うからね」

「女の人を見てかっこいいって思ったのは、ベルトルッチの『暗殺の森』でドミニク・サンダがダンスを踊るシーン以来だわ」

わたしはその映画を見ていなかった。ドミニク・サンダがどんな女優なのかも知らなかった。そのことがひどく恥ずかしく思われた。

「おねえさん、酔っ払ってるね」

わたしは照れ隠しのために声のトーンを上げた。

「いいじゃない、お祭りなんだもの」

「じゃあ、もっと酔っ払っちゃえ。ビール奢《おご》るよ」

わたしが一本空けるあいだに、彼女は三本缶ビールを空けた。二人でどれくらいビール売りの屋台に貢献したものか、最後におじさんが売れ残りのぬるくなったビールをおまけに一本ずつくれた。

「おねえさん、つおいわ。飲んでも飲んでもちゃんと太鼓を叩いてる」

「いや、おねえさんこそつおい。浴衣がぜんっぜん、乱れない」

あとでわかったことだが彼女もわたしも酒豪の部類に入るくちで、実は二人ともそれほど酔っているわけではなかったが、祭りの夜くらい酔ったふりしてみたかった。

「あたしあ惚れたね。おねえさんの太鼓に」

「あたしも惚れたよ。おねえさんの浴衣姿に」

わたしは恒例の打ち上げには流れず、ちょっとこの人を送ってくると言って会場を抜け出した。それから居酒屋で本格的に飲み直した。深夜二時で閉店になってしまったので、それでも足りずに、そのあとはうちで朝まで飲んだ。わたしはするめを焼いたり、チーズを切ったりしてせっせとつまみを運んだが、彼女はほとんどものは食べずに静かにグラスを干し続けた。

一体、初対面の二人がどんな話題で朝までもたせられたものか、今となってはほとんど思い出せないのだから、大した内容はなかったのだろう。茹でたてのそらまめって蒸れた靴下の匂いがするんだよねとか、トイレにしゃがんでウンチが出ないときは頭のてっぺんを指でぐりぐり押してやればいいんだとか、丸井の社員食堂はイケるけどダイエーのはまずいとか、およそロマンティックとは無縁の与太話に終始していた気がする。

「なんでいろんなお店の社員食堂について詳しいの?」

と彼女にきかれ、わたしは現在のところ従事しているデモンストレーターというアルバイトについて語ったのだった。

「スーパーによくいるじゃん。ウインナソーセージとか焼いてお客さんに試食させて売りつける人」

「ふうん。おねえさんに売りつけられたら、みんな思わず買っちゃうでしょう」

「そっちの商売は?」

「インテリア・コーディネーターだったんだけど」

「だった?　もうやめたの?」

「あたし、かなりのワーカホリックだったみたいでね。そういうの嫌がる男の人って多いから。家庭崩壊ぎりぎりまでいって、ついでに体壊して、無理やりにやめさせられちゃった。あのままいってたら確実に過労死してたと思うから、感謝はしてるんだけれど」

　わたしはそのとき初めて、彼女が結婚していることを知った。

「やばい。人妻を外泊させちゃまずいよね」

　帰んなよ、と言おうとしたが、もう遅かった。わたしの瞼も、彼女の瞼も、重いシャッターが下りようとしていた。

がちゃん。

朦朧とした意識のなかでタオルケットを取ろうと手を伸ばすと、体がずぶずぶと眠りのゼリーの海へ吸い込まれていった。


三時間ほどで目を覚ますと、わたしは磁石のように彼女の体に吸いついていた。

キスしよう、と声に出して言ってから、返事をきかずにくちびるを吸った。彼女は眠ったふりをしてわたしの舌を味わった。長いこと、時間をかけて存分に味わった。ワーオ、とわたしは言ったようにおもう。ワーオ、と彼女も言ったようにおもう。浴衣の下には脂《あぶら》ののりきった三十代のからだが熱をたたえて封印してあった。わたしは文字通り涎《よだれ》を垂らして乳首にかぶさり、股《また》を割りながら、子供いるの、ときいた。彼女が答えを口にする前にくちびるを塞《ふさ》ぎ、何も言えないようにした。なんにも聞きたくない。なんにも知りたくない。なんにもなかったことにする。今ならまだ、なんにもなかったことにできる。

わたしが体を離そうとすると、彼女の指が絡《から》みついてきた。なんにもなかったことになんて、できない。こんなキスして、おっぱい吸って、こんなに濡らして、今さらやめないで。おねがい最後までして好きなようにあたしをいかせて。

女としたことあるの、ときくと、今度は彼女がわたしのくちびるを塞ぐ番だった。

わたしはもう質問することをやめた。

彼女は激しく求めながらも、少し不安を感じている。おそらく女性とセックスした経験がないのだ。どうすればいいのか、どう抱かれればいいのか、よくわからないのだ。ちょっぴりこわくて、でも欲望と好奇心を抑えきれずに、恥じらいながら、おののきながら、撃ち落とされた鳥禽《ちょうきん》のように真摯《しんし》にすべてを投げ出して今わたしの腕の中にいる。

男しか知らない女を抱くのは初めてだった。

ここはビアンの誇りにかけて、男よりも満足させなくてはならない。やっぱり男のほうがよかったなどと、あとから言われては女がすたる。

それから四時間、ノン・ストップで交わった。

わたしは技巧のかぎりを尽くし、十本の指と一枚の舌を片時も休めることなくフル稼働して奉仕を捧げた。彼女はとても感じやすい体の持ち主だった。わたしの与えるものを全身で受けとめ、よく波に乗り、いくらでも欲しがり、驚きと感動をもって初めての営みを享受した。エクスタシーを迎えるとき、

「ねえ、太鼓が鳴ってるの……あなたの太鼓が聞こえるの！」

と叫んで、わたしを喜ばせてくれた。

「どうだった？」

彼女の息遣いが整った頃合いに、どきどきしてたずねた。

「すばらしかった」

「男よりも？」

彼女は苦笑して、わたしの髪を撫でた。

「それとはまた別のものだから」

比べものにならない、と言われたような気がして、わたしは傷ついた。

そんなことで傷つくのは筋違いだということはわかっている。彼女にとっては祭りの勢いで寝てしまったに過ぎず、その相手が女だったとしてもただ好奇心が疼《うず》いただけなのだ。

それでもいいからわたしは彼女を欲したのではなかったか。

「でもあたしは、女の人とは、あなたとしかこんなことしない」

慰めているつもりなのだろうが、それは逆効果だった。

「じゃあ、男となら誰とでも寝るの？」

「いいえ、結婚してからは旦那としか寝ないわ」

まるで、結婚前は相当遊んでいたような口ぶりだ。わたしは彼女の旦那に、そして過去の男たちに理不尽な怒りにも似た気持ちを感じていた。彼女の浴衣をいつでもはだけさせる権利のある男がいて、その幸運な男にたどり着くまでに彼女が経巡《へめぐ》ってきた男たちの丹精によってこれほどの女が出来上がったのだとしたら、ビアンであるわたしはいかなる戦法でもってこの女を奪い取ればいいのだろうか。

「初体験だから、これは処女喪失のしるし」

浴衣についた醬油のしみは、確かに血痕みたいに見えなくもなかった。鶴が今まさに飛び立とうと羽根をひろげたとき、飛べない誰かがその美しさに嫉妬して、傷を負わせたかのようだった。

彼女はわたしが疲れ果ててもう一眠りしているあいだに、帰っていった。

目を覚ますと、テーブルの上にメモ書きが残されていた。

【また会ってください。こちらから連絡します。田鶴子《たづこ》】


しかし、一週間たっても、二週間たっても、たづさんからの連絡はなかった。

わたしには待つよりほかにどうしようもなかった。同じ町内に住んでいることは間違いないのだが、住所も電話番号も知らなかったし、たとえ知っていたとしてもこちらから連絡できる立場にはない。たづさんがもうあれきりにしようと思えば、同じ町内とて火星よりも遠くにいることになる。最初のうちこそ風呂に入るときもトイレに入るときも携帯電話を肌身離さず持ち歩いていたものだったが、日がたつにつれてだんだんと、これきりになってもいいように思えてきた。

あの祭りの夜の濃密な四時間の出来事は、何かこの世のものではない、美しすぎる幻だったのだ。そしてたづさんは、やはり蛍の化身だったのだ。もう一度あんなことが起こったら、わたしは異界に連れ去られ、現実の世界に戻ってこられなくなる。たとえば、一回交わるごとにこの指を一本ずつなくしていくような、少しずつ少しずつ魂を食われていくような、滅びるために生まれるような、たづさんとの恋の成就はそのようなものである気がする。わたしは、すこしおそろしかった。その甘い蜜の体はもったいないほどいい味だったから、中毒になりそれなしには生きられないようになるのがおそろしかった。つよすぎる快楽は長続きしない。たちまち体を壊してしまう。ほどほどの女とそこそこのエッチができればわたしは満足なのだ。痛みをともなう辛《つら》い恋はしないように生きてきたのだ。

わたしはたづさんとのことをかりそめの夏の夜の夢と思い定め、心の奥底にしまいこんで蓋《ふた》をし鍵をかけた。平日はあちこちのスーパーマーケットの食料品売り場でウインナソーセージやクラッカーやワインの試食販売をこなし、週末になると必ずどこかで行われている祭りに顔を出して太鼓を叩いた。そしてその合間に子供たちに太鼓を教えた。

本来ならデモンストレーターという仕事は土日中心にスケジュールが組まれる。かきいれどきの週末に仕事を休むなどゆるされないことなのだが、わたしは学生時代からずっと世話になっているマネキン会社で卒業後も働き続け、売れ行きも悪くないから、夏のあいだだけは多少の無理はきいてもらえる。そのかわり夏が終わるとどんな仕事も断らない。頼まれればどこへでも、片道三時間もかかる辺鄙な店にでも文句ひとつ言わず出向き、一年でもっとも忙しい十二月には一日も休まず、また誰よりも多く売り上げるので、どうにか均衡が保たれているのである。

平日の仕事はただでさえ少ない。そのうえ、祭りの前日は興奮のために、次の日は疲れのために、ほとんど仕事にならない。だから、冬のあいだに夏の生活費をためるようにしてきた。それが今年の夏にかぎっては、ぼんやりした時間を作ってたづさんとのことを思い出すのがいやで貪欲に仕事を取った。いつものマネキン会社だけでは足りずに、もうひとつかけもちをするくらいだった。

「ヘルシーでおいしいこんにゃくゼリーのデザートはいかがですかあ。どうぞひとくち召し上がってみてくださあい。今週はキャンペーン期間中につき、一九八円のところ一四八円のお買い得価格になってますよお。お味は白桃、巨峰、ネーブルオレンジの三種類。さあ、お子様のおやつに食後のデザートにいかがですかあ」

愛想よく、元気よく、目の前を通り過ぎていく客にわたしは声をかけていた。その日は午前中から三十度を越え、メーカー側が用意したサンプルは飛ぶように減っていったが、それが必ずしも売り上げにつながらないときもある。この暑さなら目標数の二割増しで売れる自信はあったが、どういうわけか午後からぱったりと客足が途絶えるという不運にも見舞われた。この商売をしていると時々そういうことがある。ついさっきまで売り場にひしめいていた客の姿が神隠しにでもあったようにぽっかりと消えてしまう瞬間があるのだ。まるで時間軸と空間軸がフリーズして世界が死に絶えてしまったみたいに。ねむたくなるような午後の隙間にそのような瞬間が訪れると、わたしは自分だけがかくれんぼの鬼になってしまった気がして汗がこぼれる。ギンギンに冷房の効いた寒い寒い食料品売り場でひっそりと汗をかく。やがて世界が正しく解凍されて最初の客があらわれるまで、いやな汗で体じゅうを湿らせるのだ。

その日もそんな午後だった。ふと気がつくと店内は古代ギリシャの遺物を展示した博物館のごとく静まり返り、死の匂いに彩られたエア・ポケットに入り込んでいた。精肉売り場のケースにはマンモスの肉片が、鮮魚のコーナーにはアザラシの干し肉が、青かびの塊とともに陳列されているように見える。豆腐は白い骨のように、玉葱はトルコ軍と戦ったさいに使用された砲弾のように見える。レジ係や商品補充係はジョージ・シーガルの彫刻のように、働く姿のままストップ・モーションで凍りついている。砂時計の砂が落下の途中でぴたりと止まる。わたしの体から汗が噴き出す。

その客は音もなくすうっと自動ドアをくぐり抜け、売り場から売り場へと角を曲がり、一歩進むごとに呪縛を破って店内を死の博物館から生の市場へと甦《よみがえ》らせていった。そしてわたしの売り場へまっすぐにやって来ると、ろくに商品を吟味もしないで手に取れる限りのこんにゃくゼリーをどさどさと買い物カゴの中に放り込んだ。

あっ、と間のぬけた声を出して顔を上げると、そこにたづさんが立っていた。

「びっくりしたなあ、もう」

うれしさに顔をくしゃくしゃにして笑いかけると、たづさんは慈《いつく》しみをこめた微笑でわたしを包みこんだ。浴衣を着ていなくても、Tシャツにデニムのスカートという軽装でも、その色っぽさは隠しようがなかった。

「どうしてここがわかったんだよ？」

「あなたが教えてくれた携帯にかけたら、マネキン会社にかかったの」

何ということだ。あの日、酔っ払って間違えたのだろう。道理でわたしの携帯が鳴らないはずだ。

「六時に終わるけど、待てる？」

家庭の主婦に、それは無理な注文だった。帰って家族の夕食を作らなくてはならない。

「ごめんね。でも明日の午後ならあなたの部屋へ行けると思う」

「わかった。待ってる」

明日は土曜日で、午後は太鼓の練習があったがすっぽかすことにした。夜はK町の祭りで太鼓を叩く。でもそれすらすっぽかしてもいい気がした。わたしはたづさんの体に焦がれていた。あの胸の谷間に顔を埋《うず》める瞬間のことだけを何度も何度も思い描いて熱帯夜を耐えてきたのだ。

たづさんは夕食の材料を買い整えて、店を出て行った。その量から推し測ると、夫婦二人分の食材とは思えなかった。子供もいる。年寄りもいる。そう思うのが自然な買い物の仕方をしていた。値段の安さよりも品質の良さで商品を選ぶ傾向もあった。ワインもそこそこの値段のテーブルワインを二、三本無造作にカートに放り込んでいた。裕福な家庭の主婦の後ろ姿をわたしに見せて、でも少し寂しそうに手を振った。

そんな姿は見なければよかった。安物の服を着て、うるさいガキでも連れてればよかった。特売品に目の色を変えて群がる普通の奥さんだったらよかった。醜く太って、それでもそれなりに幸福そうな、もう何年もエッチとはごぶさたの欲求不満のおばさんだったら、わたしはあんなにも苦しまずにすんだかもしれない。

†

女の体の中には、一枚の地図が埋め込まれている。

かつてその体を通過していった男たちによって刻まれた快楽の記憶が、森や盆地や海や湖のかわりに、地図には詳細に描き込まれている。女の人を抱いていると、時折その地図が透けて見えるときがある。たづさんの地図は、年上の経験豊富なひとのものらしく、これまで見たことがないほど起伏に富んだものだった。

「たづさんは、男の人といっぱい遊んだろ」

ひとしきり抱いたあとで、たづさんの上に乗っかったまま、ため息をついた。

「まあ、今こうしてエイズにかかってないのが不思議なくらいだわね」

「そんなに無茶苦茶やってたのか」

「病気みたいなもんよ。一種の依存症だったのかな」

「やっぱり男のほうが好き？」

「うん、どっちが好きかときかれれば、それは男よ。でも今はあなたが好き。女の人を好きになったことなんか一度もないのに、自分でもうまく説明できないんだけれど」

そんなふうに言われるのは、悪い気分のするものではない。ビアンの女の子にはもてて当然というところもあるが、ノン気のしかも特別に男好きの年上の人妻に惚《ほ》れられるのはわたしには無上の光栄であった。

だがその反面、抱きながらいつも不安でたまらなかった。果たして自分はこの女を充分に満足させられているだろうか。たづさんは感じれば感じるほど、この指ではなく、永遠に侵入してくることのないペニスを夢想し待ち焦がれてはいないだろうか、と。

「たづさん、本当に感じてる？」

指をうごかしながら、耳元で何度もきかずにはいられない。感じてるふりをしてるだけかもしれないと勘ぐれば、いくらでもそのように見えてくる。

「感じてるわよ……わかるでしょ、そんなこと」

「わかんないよ……自信がないんだよ……本当に本当にこの指でいいのか……」

「ばかね。感じてないのにこんなに濡れるわけないいじゃない」

「物足りなくない？　何か別のものを想像とかしてない？」

「いいかげんにしてよ。あなたの指は何ていうか……つまりその……信じられないくらいとっても素敵よ」

わたしたちは逢瀬《おうせ》をかさねた。いつもたづさんがわたしの部屋にかよってきた。彼女のほうからわたしを抱くことはなかったが、そんなことはどうでもよかった。わたしは抱かせてもらえるだけで満足だった。ノン気の女に返礼などは求めない。もっとも、たづさんがそうしたいと言えばわたしはうれし涙にむせびながらこの体を開放したことだろう。

「あなたに抱かれるのも素敵なことだけれど、そのあとで肌と肌をくっつけあってイチャイチャするのも大好きよ。男とはこんなことしなかった。さっさとシャワーを浴びちゃうもの。でもあなたとは肌を離したくない。ずっと触れあっていたい」

セックスの中休みのとき、たづさんはどこかしらわたしの体に触れていた。髪の毛や、喉仏や、肩甲骨や、太腿を、絶えず撫でたりさすったりつまんだりしていた。わたしの体じゅうに頬ずりするのも好きだった。ワインを口移しで飲ませあうのも好きだった。抜いたばかりのびしょびしょの中指をティッシュで丁寧に拭《ぬぐ》ってくれるのもたづさんの好みだった。裸のままリラックスしておしゃべりするのも大好きだった。

わたしはたづさんの過去の男たちの話をいつもねだってしてもらった。無邪気な寝物語としてねだるのだが、心の中は対抗意識でいっぱいだった。男たちがどんなふうに彼女を口説き、どんなふうに抱いたか。たづさんは男たちのどんな言葉に心動かされ、どんな行為を今でも忘れずに覚えているか。その男のどこが好きで、なぜ別れたのか。会うたびごとに広大な地図の中から、一日につき一人ずつの男について、それとなく話を聞き出した。この山の次にこの砂漠ができ、この運河と同時進行でこの緑地ができた。この森とあの湖はつながっている。この湿地帯はあの海との因果関係によってもたらされた……。

わたしは夢中でたづさんの地図を読み続けた。それはたづさんという人格と、性欲のメカニズムを解読するヒントだった。

「どうして男の話ばかり聞きたがるの？」

「興奮するんだ。負けちゃなるもんかって、燃えるんだよ」

わたしがそう言うと、たづさんはおかしそうに笑いころげた。

「屈折してるわね。ねえ、もしかして男になりたいの？」

わたしはよく考えてから答えた。

「そういうんじゃない。性同一性障害とは違うよ。たづさんが男しか知らなかったせいだと思う」

「比べたって意味なんかないと思うけど」

「要は傾向と対策ってことかな」

「あなたはあなたらしく抱いてくれればそれでいいのに」

わたしはこれまでに一度たりとも、ペニスをもたない自分の体にコンプレックスを感じたことはない。女として生まれ、女として女を愛する自分が好きだった。オナベは大嫌いだし、道具を使ってセックスしたことも一度もない。ビアンの女性たちは、男の代わりとして女を求めるわけではない。女性の肉体の美しさに惹かれ、男とのセックスでは得られないやさしさややすらぎを求めて肌を触れ合わせる。そこでは幻想としてのペニスは存在しない。それどころか人体のなかで最も醜悪な器官として忌み嫌っているビアンの女性も少なくない。わたしもそうだ。

でも、たづさんはビアンではない。バイセクシュアルでもない。男を愛する女として生まれ、本能のおもむくままにさまざまな男たちとセックスをしてきた。さまざまな形や大きさのペニスを受け入れ、いとおしんできた。男たちの欲望を知り尽くし、男たちを喜ばせるテクニックも人並み以上に身につけているだろう。そんな人がなぜわたしのような女を選ぶのか、わたしには不思議でならなかった。

「たづさんは、わたしのどこが好きなんだろう」

セックスのあとで、家庭に帰っていく前に化粧を直している彼女を鏡越しに眺めながら、きいたことがある。たづさんは慎重に言葉を選んで、

「凜々《りり》しいところ」

と言った。

わたしはびっくりした。これまで自分は凜々しいというよりは、どちらかといえば女々《めめ》しい人間だと思っていたからだ。男っぽい立ち居振る舞いをする女ほど、内面は正反対という例をわたしはいくつか知っている。わたしがいくら男のように太鼓を叩いていても、こういうとき恋人が家庭に帰っていくのを本当は泣いてすがりついて引き留めたがっていることをたづさんは知らないのだ。笑顔で恋人を送り出したあとで、枕を抱きしめて泣くこともたづさんは知らないのだ。離婚のリの字も口にできないくせに、内心では旦那が交通事故か何かで死ねばいいと願っていることも、たづさんは知るわけがない。

「痩せがまんをしているあなたを、どんどん好きになっていくの。過去の男たちのことは根掘り葉掘りきくのに、夫のことを一言もきかないのはなぜなの？　あなたはなぜあんなにまっすぐに背筋を伸ばして、空へ吸い込まれるような太鼓を叩くの？」

この言葉を聞いた途端、涙腺《るいせん》がゆるゆると緩んできた。わたしはトイレに駆け込んで鍵をかけ、水を流した。たづさんが支度を終えてドアを開けて出て行くまで、何度も何度も水を流し続けた。

夫の話も子供の話も聞きたくないのは、その存在を認めたくないからだ。あなたの人生とわたしの人生のあいだにあるのは、ただ影だけなのか。そんなふうに嘆いてあなたを困らせたくないからだ。そうしてあなたを決定的に失ってしまうことを、わたしは何よりもおそれているからだ。だからわたしはひとりで泣くのだ。あなたと分かち合う涙をわたしは持っていない。これからも決して持つことはない……。

　気のすむまで泣いてからトイレを出ると、キッチンの暗がりにたづさんがうずくまって背中を向けていた。鼻をすする音がしたので、彼女も泣いているのだとわかった。音もなく降る雨のような、その雨の中でかすかに開く白い花びらのような気配だった。

「まだいたの。早く帰んなよ」

　濡れそぼった白い花びらを、わざと踏みにじる声で言った。

「帰りたくない」

　潰《つぶ》れた花びらみたいに疲れた声で、たづさんが言った。

「どうしたんだよ。もう外は暗いよ。子供が帰ってきておなかを空《す》かせてるんじゃないのか？」

「子供はいないわ」

「夏休みのキャンプ？　いつ帰ってくるの？」

「もう帰ってこないのよ」

　わたしは背後から回りこんでたづさんの頬に触れた。白雨《はくう》のようにつめたく熱い涙が、その美しい顔の稜線《りょうせん》を溶かす勢いで滴《したた》り落ちていた。

　たづさんの闇がわたしの闇にそっと寄り添ってきた瞬間だった。

たづさんは泣くほどに体温を下げていくように思われ、わたしは慌ててバスタブに熱い湯を張ってたづさんと一緒に浸《つ》かった。

湯船のなかで熱燗《あつかん》を飲みながら、死んだ子の話を聞かされた。

わずか一歳半で原因不明の突然死によって亡くなった、ゆずちゃんという女の子の話を。それはもう六年も前の出来事なのに、たづさんはまるできのう起こった事のように生々しく語った。長い長い時間をかけて事実関係を整理し、人に話すことに慣れているようなスムーズな語り口だった。あまりにも何度も語り尽くされたために淀《よど》みなく語られる家庭の悲劇は、どことなく作り話の匂いがする。わたしは一瞬、うそではないかと疑った。いつかスーパーマーケットで子供の菓子を買っていたことを思い出したのだ。でもすぐに、あれは墓前に供えるためのものだったのかもしれないと思い直した。

「どうして話してくれたの？」

「一緒に泣いてくれる人がほしかったの」

「それなら、旦那さんがいるだろう」

「彼が泣いていると、あたしの涙は引っ込んでしまうの。向こうも同じみたいで、あたしが泣いていると彼は泣けないみたい。あの子の思い出だけでつながっていたのに、今ではもうその悲しみを分かち合うこともできなくなってしまったの」

「じゃあ、なんで離婚しないの」

その言葉を口の端《は》にのせた瞬間にはもう後悔していた。たづさんは何も言わなかった。わたしはその話題に匹敵するような重い秘密を打ち明けなければならないと思ったが、人生経験の浅いわたしにはそのような秘密の持ち合わせはなかった。早く年を取って、たづさんよりも辛《つら》い目にあいたいと本気で思った。わたしはたづさんの悲しみを受け止めるにはあまりにもガキで、たよりなかった。

「そのあと、子供は作らなかったの？」

「また死なれるんじゃないかと思うと、こわくて二人とも駄目だった。とくに彼のほうがノイローゼみたいになっちゃって。彼は自分の精子が生命力の弱い子供を作ってしまうんだって思い込んでしまったの。ゆずのことを忘れないために、子供を作るのはよそうと彼は言った。それから自然とセックスレスになった」

「たづさん、子供ほしい？」

「ほしくない。あなたが男だったら、話は別だけど」

わたしが幻想としてのペニスを夢想するようになったのは、おそらくこの話を聞いてからのことである。

その夜、バスルームから出て交わったとき、わたしは生まれて初めて、精子をもたない自分の体を欠陥品のようにもどかしく思った。彼女を孕《はら》ませることのできない自分に、とてつもない無力感を味わった。愛と生殖という、これまで正反対の概念だと思っていたものがイコールで結ばれることもありうるのだということを、理屈ではなく体で思い知らされたような気がした。わたしに決定的に足りない部品をどのようにして補えばいいのか、わたしの絶望的な願いをどのようにして願えばいいのか、そのもどかしさと無力感はひとつの狂熱となってわたしの肉体に取り憑いた。

「ねえ……どうして腰をうごかしてるの？」

たづさんに指摘されるまで自分では気がつかなかった。わたしはいつもより激しく彼女を抱きながら、無意識のうちに男のような動きをしていたのである。

「いつもと違うよ。どうしたの？　あたしが変なこと言っちゃったから？」

「ごめん。自然に動いちゃうんだよ。こういうのはイヤ？」

「イヤじゃないよ。あなたがそれで気持ちいいなら、かまわないのよ」

わたしはありったけのイマジネーションを働かせて、男が射精するときの感覚を思い描きながら彼女を抱いた。数少ない男性経験と、後学のために男友達から借りて見たことのあるアダルトビデオがイマジネーションの源だった。もともとペニスはクリトリスが発達したものだというから、勃起の感覚は何となくつかむことができる。しかし射精の気持ちよさは、女がイクときの気持ちよさとは次元が違うような気がする。クリトリスが大きくふくらんで彼女の膣《ちつ》の中に挿入することができたら、どんなに気持ちいいことだろう。

「ああ……たづさんの中に入りたい……」

わたしはせつない呻《うめ》き声をあげた。

「入ってるじゃない、指が」

「指じゃなくて……性器を入れたい」

「オチンチンがほしいの？」

「たづさんの中で射精したい。二人の赤ちゃんがほしい。ゆずちゃんの代わりをあなたに授けてあげたい」

わたしが狂おしい欲求を口にしながら指の動きにあわせて腰を激しく上下させると、たづさんは世にもあえかな叫び声をあげてわたしの指を折れんばかりに締めつけ、わたしの腰を握りしめて律動をともにしながら一気に達した。花火がぱっと打ち上がったかのような登りつめ方を見た途端、彼女の股《また》にこすりつけていた腰が痺《しび》れるように熱くなってふわりと宙にうかんだ。そしてわたしも同時に達した。わたしは低く呻きながら指を入れたままの格好でたづさんの上に倒れ込んだ。

どれくらいのあいだそうしていたものか、わたしたちは呼吸が鎮《しず》まるのを待って目を瞑《つむ》ったまま互いのくちびるを求めあい、嚙みちぎれるのではないかというくらい執拗に舌を吸いあった。それからゆっくりと指を抜くと、とろりとした濃い粘液がわたしの手の甲をつたってたづさんの太腿に垂れ、シーツに流れ落ちていった。ティッシュペーパーでたづさんの繁みを拭い、襞《ひだ》に舌を這わせて滴《しずく》をきれいに舐めつくしていると、奥のほうからさらにあらたな奔流が溢れ出してきてわたしの顔をスコールのように勢いよく濡らした。

「今の、すごく感じたわ」

「わたしも。何だか本当に射精したみたいな気がする」

「あなたが男だったらよかったのに」

「男だったら、旦那さんと別れて、わたしと結婚してくれた？」

たづさんは少し考えて、しなかったと思う、と言った。

「そんなに彼を愛してるんだ？」

恨みがましく聞こえないように注意したつもりだったが、声のふるえを隠すことはできなかった。たづさんはその質問には答えずにわたしにキスしようとしたが、わたしは顔をそむけた。背中を向けていると、たづさんの嗚咽がわたしの骨にしみとおるように漏れてきた。わたしはおそろしくて彼女の顔を見ることができなかった。見てしまえば刃物を持ち出してしまいそうで、頑なに反対側の薄闇が滲んでいくのを眺めていた。

それから二人で、背中を向けあって、一緒に泣いた。

帰り際にたづさんは、惚《ほ》れたのはあなただけよ、と言った。

それはうそではなかったと思う。でも真実でさえなかったのだ。

一度だけ、たづさんのあとをつけたことがある。

彼女はわたしのアパートから一番近いショッピング・センターの駐車場に車を停めていた。ぴかぴかに磨きあげられた赤いサーブだった。車で来ていることは知っていたので、わたしはあらかじめ実家から父のもう使わなくなった古いホンダのスクーターを借り受けていた。フルフェイスのメットを被《かぶ》り、季節はずれの黒っぽいレインコートを身に纏《まと》って、たづさんに気づかれないよう充分に車間をあけてわたしは追跡を開始した。

彼女は駅をはさんで反対側の方向にしばらく走り、途中いくつかの店（本屋、クリーニング屋、酒屋）に立ち寄りながら、やがて大きなマンションの駐車場に入っていった。それで終わりだった。何の変哲もない、どこにでもいる主婦の夕暮れだ。

わたしはスクーターにまたがったまま、しばらくのあいだそのマンションを眺めていた。分譲だろうが、賃貸にすればわたしのアパートの家賃のかるく三倍はするだろう。わたしには頭金さえ払えない。あの外車を買うには、何日休みなく働いてウインナソーセージを売ればいいのだろう。殺し屋を雇って彼女の夫をなきものにしてもらうには、一体いくら払えばいいのだろう。ゆずちゃんにそっくりのクローンベイビーを買えるようになるのに何年といくら必要なのだろう。

そこまで考えて、わたしは自分を嘲笑した。彼女の住んでいるところを見て、どうしようというのだ。夫の顔でも見てやろうと思ったのか？　あのひとは絶対に離婚なんかしない。わたしはそんなことを求めているわけではない。死んだ子を通じてつながっている夫婦を引き裂くことはできない。もし子供が生きていたら、あるいはわたしは死にもの狂いで夫から彼女を奪おうとしたかもしれない。でも子供は死んでしまったのだ。

さしたる理由もなく、ある日突然この世から消えてしまった小さな命のために、二人の絆《きずな》は永遠のものになってしまった。何かしら理由のある死なら、まだ納得できたかもしれない。たとえば、どちらかがちょっと目を離した隙に車に轢《ひ》かれたとか、どちらかの遺伝によって難病にかかったとか、明白な原因によって失われた命なら相手をひそかに責めれば済むことだ。でもこの夫婦にはそんな救いさえ与えられなかった。自分の前世かもしくはこれまでの生きざまに対する罰が下ったと思うしかないのである。

それはおそらく自分ひとりで耐えられる種類の苦しみではない。親ならば一生、死んだ子の年を数え続ける。行くはずだった入学式、秋になれば運動会、あっというまに卒業式、夢にまで見た花嫁姿。架空の家族アルバムを一緒に眺められるのは彼だけなのだ。セックスがなくなったくらいで別れられるはずがない。

五階の角部屋の窓が開いて、彼女がベランダに干してある洗濯物を取り込むのが見えた。趣味のよいカーテンの揺れる向こう側の世界には、彼女の美意識がすみずみまで発揮された家具や調度品が置かれ、化粧水や紅茶の銘柄のひとつひとつに至るまで彼女の好みが反映された小さな王国がひろがっている。わたしは彼女が三十五歳の裕福な奥様であり続けることを心から望んだ。わたしとのひと夏の恋の思い出は一生誰にも語ることなく、あの王国で暮らしてほしいと願った。

彼女が洗濯物を全部取り込んで部屋の中へ入ってしまったあとも、わたしはあたりがすっかり暗くなってしまうまで、彼女のいた気配を眺めていた。それはまるで蛍が消えたあとの闇を凝視するみたいにさみしくて虚《うつ》ろな行為だった。あまりにも見過ぎると、目が潰れてしまうだろう。胸も潰れてしまうだろう。やがては取り返しがつかないほどに、自分自身を使い潰してしまうだろう。

わたしはやっとのことでスクーターのエンジンをかけ、夜の街へ走り去っていった。

†

「鶴《つる》の刺青《いれずみ》を彫ってください」

わたしが父の昔からの知り合いである彫り師を入谷《いりや》に訪ねたのは、夏の終わりを感じさせる涼しい午後のことだった。

「断る。そんなきれいな肌に疵《きず》をつけたらあんたの親父に殺される」

そう言われるのは覚悟していた。

「おじさんに断られたら、よそで彫りますが」

なおも頭を下げると、彼は悲しげにわたしをじっと見つめてため息をついた。一度言い出したらきかない子供だったことをよく知っているのだ。そしてわたしは、彼が非常に誇り高い職人であることをよく知っていた。

「おじさんは、花と鳥を彫らせたら日本一だと聞いてます」

「言っとくが、俺んとこは痛えよ」

「わたしマゾですから平気です」

笑ってもらえるかと思ったが、ヤクザよりもこわい目をして女よりもやさしい手をした男はくすりともしてくれなかった。

「しかしよう、なんでまた……男か？」

「女です」

「……とにかく、色恋だな」

「はい」

「恋だの愛だのはいつか消えるが、刺青は一生消えねえんだよ。それでもよきゃ、彫ってやるよ」

このおじさんは筋金入りのハード・ゲイだといつか父に聞いたことがある。たしかアラブ人の恋人と二十年以上一緒に暮らしているはずだ。子供の頃から憧《あこが》れていたが、セクシュアリティについて話したことは一度もなかった。親にはやはり知られたくない。

「それにしても、雪の肌に白い鶴とはな」

サンプルを見て図柄を決めると、次の日から作業がはじまった。

たづさんを思い切るためにはそこまでしなければならなかった。愛しい女の面影をこの体に刻印することであわれな恋に終止符を打とうと思ったのではない。自分でもうまく説明できない。たぶん、自分を罰したかったのだろう。そうでなければ、彼女を赦《ゆる》したかったのだろう。いやそれとも、彼女を罰して自分を赦したかったのかもしれない。

彫られているあいだは痛みのために彼女のことを忘れることができた。歯医者の治療より痛かったが、歯医者の治療よりは耐え甲斐があった。BGMはイージーリスニングではなく強烈なアラブ音楽で、何度か気を失いそうになると、アラブ人の恋人が気付けのためにアラブの強すぎる酒を飲ませてくれた。酒のせいか、それとも彼の神秘的な微笑のせいか、少しずつ頭がぼんやりして痛覚が麻痺していくような錯覚があった。

「アラブ人の肌って、いいものなんでしょうね」

わたしはついそんなことを口走っていた。

「おう、こたえられんよ。だが俺のカンヴァスとしちゃ、日本人女性の肌が最高だな」

「ねえ、おじさん、教えてほしいんだけど、射精ってどんな感じなんですか？　きっとさぞかし気持ちいいものなんでしょうね。だって赤ちゃんの素《もと》を出すんですから。好きな女の中にですよ、生命力をぶちまけるわけですから。何だかすごくうらやましいな」

長い激痛をこらえすぎて、自分でも何を言っているのかわからなくなっていた。普通のシチュエーションなら絶対にきけないようなことを、特異な状況下ではさらりときけることがある。何か気持ちのよさそうなことを思い浮かべなければ、もちこたえられなかったのかもしれない。

「ガキの頃から知ってる女の子に、まさかこの年になってそんなことときかれるたあ思わなかったね。ああ、長生きはするもんだ」

おじさんはあきれながらも表情を変えず、淡々とわたしの体に鶴を彫っていく。

「ただの排泄《はいせつ》だあ。それほどのもんじゃねえ」

どうやらきく相手を間違えたようだ。子供を作れないことにかけては男同士のカップルも同じ悲しみを背負っている。

「痛えか。痛えだろ。鶴は千年生きるっていうからな。千年ものあいだあなたさまを思い続けますってか。まったく女ってのはおそろしいねえ」

そのときわたしは、今さらのようにおのれの情念の深さに気づかされて愕然としたのだった。

刺青が完成するまで、たづさんとは会わなかった。

別れの気配を敏感に感じ取ったのだろうか、夏が終わると、たづさんもあまり連絡をしてこなくなった。携帯の電源を切りっぱなしにしていたり、わざと留守にばかりしていることが続けば、たづさんでなくとも無言の意思表示と思うだろう。

それにわたしたちは、いつも次の約束をしないで別れた。これきり次はないかもしれないという不安におびえながらも、約束をしてしまえばそれが破られるのがこわくて、痩せがまんを貫き通した。世間の恋人たちのように、外でデートすることもなかった。映画にも、食事にも、ドライブにも、一度も行ったことはない。たづさんがわたしの部屋にかよってきて、セックスをする。ただそれだけの関係だった。腹が減れば冷や麦を茹で、喉が渇けばビールやワインを空けた。わたしの六畳一間のアパートに置かれたセミダブルのベッドの上が、わたしたちの宇宙のすべてだった。互いの体の上が、わたしたちの航路のすべてだった。たづさんの長い髪が、わたしの水平線のすべてだった。

同じ町内なのに、駅の反対側に住んでいたせいか、町なかですれ違うこともなかった。たづさんは移動はおもに車でしていてあまり電車に乗らないようだったし、蟻《あり》とキリギリスではおのずから行動半径もライフスタイルも違ってくる。やはりたづさんは遠い火星に住んでいるようなものだったのだ。

ほんの五日会わないだけで、現実感が乏しくなった。十日も空けばうまく顔も思い出せなくなった。だが夢の中にまであの黒髪が入り込んできて、わたしの首すじに絡《から》まりついた。張りつめた乳房がわたしのくちびるに吸われることを求めてのたうち、窒息しそうになりながら目覚めた。それは甘美で懐かしい夢だった。幸福感のあまり泣き出しそうになるほどだった。実際、わたしは眠りながら泣いた。自分の泣き声で目を覚ましたあとも、枕に顔を埋めて泣き続けた。

連絡が途絶え、わたしの背中に鶴が彫り上がってからは、いつも同じ夢を見るようになった。たづさんに心中を誘われる夢だった。ぴかぴかに磨きあげられた赤いサーブに乗って、わたしたちはハイウェイを走っている。わたしの体には子供サイズのペニスが生えている。たづさんは運転しながらわたしのペニスを握りしめ、赤ちゃんがほしいと言っては強い力でこすり続ける。スピードはどんどん速くなり、ペニスはどんどん大きくなる。今や速度計は二百キロを指している。いきなりたづさんはハンドルから両手を離して身をかがめ、わたしのペニスを口に含む。ハイウェイはそこで途切れ、切り立った崖が目の前にひろがる。激しい疾走感の中で射精したのと、たづさんがペニスを噛みちぎるのと、車が崖の下へ突っ込むのと、ほとんど同時だった……。

それは無残でおそろしい夢だった。恐怖のあまり吐きそうになるほどだった。実際に吐きはしなかったが、ふるえとともに目覚めた。しかし、ふるえがおさまると、とてつもない安らぎがやってきた。たづさんと一緒に死ぬことをわたしがどんなに焦がれるように求めているか、同じ夢を見るたびにこれでもかと思い知らされるようだった。血しぶきを浴び、骨が砕けるリアルな実感があるのに、落ちていく感覚は悪くなかった。わたしとたづさんの体は初めて会ったときに彼女が身につけていた真紅の帯で結びつけられていて、絶対に離れることはないという確信があったのである。

たづさんと再会したのは、九月の長雨が続く肌寒い日のことだった。

雨はうんざりするくらい降り続いていた。古い木造アパートの漆喰がふやけて今に崩れ落ちるのではないかと思われるほど毎日大量の雨が降った。スーパーの客足は少なくなり、季節商品の冷たいデザートやアイスクリームに当たると売上激減の日々が続いた。

「今日はアイスはもういいから、同じ雪印の冷凍ピザでも売ってよ」

お店の担当者にそう言われれば、従うしかない。わたしたちの給料はメーカーから出ているのだが、この業界ではお店のほうが偉いのだ。一応マネキン会社のほうに報告の電話を入れてから、アイスを片付けてピザを並べ、事務室に行ってオーブントースターを借り、新しいポップを作ってもらって、準備を進めた。

最初のピザが焼き上がり、一口ずつ切り分けて、紙皿に並べているときだった。

「ひとついいかしら？」

「どうぞ、これは新発売の……」

反射的に満面の笑みを浮かべて差し出そうとして、わたしは凍りついた。たづさんが喪服を着て立っていたのである。

「おいしそうね」

たづさんはゆっくりとピザを食べた。そして、本当においしい、と言った。

「これ全部いただくわ」

「えっ、全部って、五十個はありますよ」

「冷凍だもの。悪くならないでしょう？」

たづさんはカートにピザを詰め込みはじめた。

「売る商品がなくなったら、あなたはもう上がれるのかしら？」

「いいえ、六時までは駄目です。ピザがなくなったらたぶんチーズを売ることになると思いますよ」

「じゃあ、そのチーズも全部いただくわ」

わたしは泣き笑いのような顔をしていたと思う。

「駄目ですよ、お客さん。チーズがなくなってもバターがあります。牛乳もヨーグルトもあります。わたしは雪印の商品を売りに来ているんです。この店の売り場から雪印の商品が全部なくなってしまわない限り、定時前に帰ることはできません」

するとたづさんは、アメックスのゴールドカードを差し出して言った。

「うちではみんな乳製品は大好物なの。かまわないわ。雪印の商品をひとつ残らず詰めてちょうだい。車は駐車場に入れてあるから、あなたが荷物を運んでちょうだい。ついでに助手席に座っていただくわ」

きれいな喪服の女に凄《すご》まれて、抵抗できる人間がいるだろうか。無駄な抵抗はしないのがわたしの主義だ。

「わかりました。六時まで待てないんですね？」

「ええ、今すぐよ。どうしても今すぐでないと駄目なの」

わたしはその場でエプロンと三角巾《さんかくきん》をはずして売り場の床にたたきつけ、たづさんの腕を取って堂々と正面出入り口から外に出て行った。担当者が何事かと見ていたが、追いかけてはこなかった。職場放棄。クビ。そんな言葉が頭の中に浮かんできたのは、たづさんのサーブに乗り込んでしばらく走ってからだった。でも後悔はしなかった。思いきり太鼓を叩いたときの爽快感が体のすみずみにまで甦《よみがえ》った。

「なんでそんな格好してるの？」

「今日、あの子の命日なの。七回忌の帰り」

たづさんは何も言わずにしばらく走り、首都高にのると、すごいスピードで飛ばしはじめた。わたしは目を閉じていつもの夢の光景を思った。ペニスは生えていないが、さっき仕事でピザを切り分けるときに使った果物ナイフがポケットに入っている。折り畳み式の小さいものだけれど、スイス製で切れ味はすばらしい。

「あなたに見せたいものがあるんだ」

喪服の女に欲情するのは男だけじゃない。わたしだって胸がしめつけられる。

「あなたに見せたくて、ずっと待ってたんだよ」

たづさんは濡れた目でわたしにほほ笑みかけた。どの出口で降りたのか覚えていない。気がつくと、場末のラブホテルのベッドの上にいた。受付の女にじろじろ見られたはずだが、今どき女同士だからといって断られることはめったにない。

「何を見せてくれるの？」

わたしはひとつずつシャツのボタンをはずしていった。悲しいほど手がふるえている。たづさんが見かねて、はずすのを手伝ってくれた。

「ああ……何てことを……」

わたしの背中からあらわれたものを見て、たづさんは息をのんだ。絶句して、言葉にならない唸り声を上げ、それからひとすじの涙をこぼした。汗に濡れた純白の羽根が、涙に濡れた漆黒の目が、歓喜を湛《たた》えた萌黄《もえぎ》の嘴《くちばし》が、匂い立つように、空に向かって、あなたに向かって、そこに在った。

「どう？」

「信じられないひとね……あなたってひとは本当に……」

「きれいだろ。彫り師がね、署名したいくらいの出来栄えだって。ひとりの女にしか見せられないのが残念だってさ」

まるで生きた鶴に触れるかのように、たづさんはそっと彫りものを指でなぞった。鶴が啼《な》くようにわたしは哭《な》いた。たづさんの指の動きにあわせて、わたしは鶴が羽繕《はつくろ》いをするかのようにこの身をふるわせ、ひくくするどく哭いた。滅びゆく生きものの最後の生の吐息のように、ほそくながく哭いた。

わたしたちはそのホテルから三日間外に出なかった。世にも哀れな木賃宿の、スプリングの壊れたベッドの、垢《あか》じみたシーツにくるまって交わり、眠り、食べ、片時も肌を離さなかった。たづさんは家に電話もしなかった。わたしも無断欠勤を続けた。雨はその三日のあいだも降り続いていた。

たづさんが先に眠りに落ちたとき、わたしは幾度もナイフを握りしめて股間《こかん》にあてがい、たづさんの中に刺し込もうとした。でもたづさんの安心しきった寝顔を見ていると、目が涙でかすんで何も見えなくなってしまうのだった。わたしのほうが先に眠りに落ちたとき、首すじにひんやりした感触を覚えて目を覚ますと、たづさんがわたしにナイフを押し当てていることもあった。

「いいよ。刺しても」

わたしはもう一度目を閉じて、刺しやすい角度に刃先を導いた。

「二十五年間生きてきて、わたしが求めてることとっていったら、これだった」

たづさんは少し力をこめた。すうっと刃が滑り込んでくる感覚があって、少しだけ血が出た。

「刺すのなら、背中を刺すわ。あなたが寝てるあいだに、その鶴を殺す」

たづさんはにっこりしてナイフをしまった。

その直後にたづさんがしてくれたやさしい行為を、わたしは一生忘れない。突然わたしの脚をおしひろげたかと思うと、おもむろにクンニリングスをはじめたのである。それは返礼というにはあまりにも情熱的な、愛情に満ちたやり方だった。たづさんがわたしの性器に触れるのはもちろん、見るのも初めてのことだった。わたしは子供のように大きな声をあげていた。指もほどなくして与えられた。わたしは気が狂いそうだった。

「今まで知らなかったのがもったいないくらいだわ。あなたを歓《よろこ》ばせるって、こんなにステキなことだったなんて……」

わたしはこらえきれずに啜り泣いた。

「もっと早くしてあげればよかったわね。ごめんなさいね。何もかも遅すぎて、ごめんなさいね」

「いいんだよ。一度だけで、天国に行けたよ」

この世の果てというものがもしあるとしたら、カーテンをしめきった薄汚いラブホテルの一室の、雨の音が聞こえる暗がりのなかで、相手の心臓の音を聞き分けようと耳を押しつけた胸のあたりにあるのかもしれない。ここから先はどこへも行けない。後戻りもできはしない。相手に向かってまっすぐに行き止まる。

絶頂のさなかに、ハイウェイを疾走する赤い車が見えた。

ヘッドライトが蛍のようにはかない点滅を繰り返していた。


カーテンの隙間から漏れる光で目が覚めた。

ああやっと雨が上がったんだな、とわたしは思った。たづさんの指と舌の感触がまだ膣《ちつ》の中に熱く残っていた。手探りで胸元をまさぐろうとして、隣に眠っているはずのたづさんがいないことに気がついた。トイレかシャワーを使っているのではないことはすぐにわかった。その部屋からはたづさんの気配がまるごと消えていたのである。喪服も、ナイフも、なくなっていた。ベッドのまわりに散乱していたティッシュペーパーの山もきれいに片付けられていた。不思議なことにシーツの上には、たづさんのものと思われる黒い長い髪の毛は一本も落ちていなかった。わたしの短めの薄茶色の毛髪しかなかった。注意深く陰毛も探してみたが、たづさんの黒々とした太いそれはどこにも見当たらず、わたしの細く縒《よじ》れたものだけがしらじらとそこかしこに散らばっているだけだった。たづさんは髪の毛一本、塵《ちり》ひとつ残さずにいなくなったのだ。

膣の中の感触がなければ、わたしはこの三日間の出来事を夢だったと思うだろう。わたしへの置き手紙さえなかった。キスマークひとつつけてくれなかった。火星人には愛を交わすときにそのような習慣はないのかもしれない。わたしにわかったのは、たったひとつのことだけだ。わたしはもう二度と、たづさんには会えないだろうということだけだった。シャワーを浴びて外に出ると、十数日ぶりの陽光がわたしを灼《や》き焦がした。戦場から生還したばかりの兵士のようにおぼつかない足取りで、わたしはふらふらとアスファルトのジャングルを歩いていった。自動販売機で買ったビールを飲みながら、通勤していく人々の群れを弾き飛ばしながら、ゆっくりと歩いていった。

一台の赤いサーブが多摩川の河川敷に打ち捨てられたのは、それから五日後のことだった。夏の残りの花火を川べりで楽しんでいたカップルが第一発見者だったという。火薬の匂いにまじって排気ガスの匂いが風にのって漂ってきたので、二人はその車に近づいたのだという。一目見て二人はすぐに警察に知らせた。ガムテープで密閉された車内に中年の男と女が並んで目を閉じていた。二人とも黒い喪服を着て、仲良く寄り添って眠っていたそうだ。睡眠薬の瓶と幼児の写真が後部座席で発見された。女のほうにだけ首を絞められたような痕《あと》があった。遺書はなかったという。

このニュースを新聞で読んだとき、わたしは泣かなかった。ただ理解した。彼女の人生とわたしの人生のあいだにあるのは、ただ影だけだったのだということを。そして、次の年からもうわたしは空へ吸い込まれるような太鼓を叩くことができなくなった。

鶴は今でもわたしの背中でその優美な羽根を休めている。孤独な夜には話し相手になってくれる。わたしが死にたがると守護天使のように諫《いさ》めてくれる。熱い火傷《やけど》を抱え込んで生きたあの夏そのもののように、鶴がいる。滅びゆく生きものの最後の生の吐息のように、わたしがいる。たづさんは、もういない。母を恋い慕う子供にとうとう呼ばれて、蛍のように、消えた。そしてわたしだけが、夜の底に置き去りにされた。

七夕（たなばた）

グラタンが飛んできたのは、お盆休みに入る前日の夜のことだ。

オーブントースターから出したばかりのあつあつのそれが、いきなりわたしの顔面めがけて投げつけられたのである。いや実際には直撃しないように気をつけて、わたしの顔面の背後の壁あたりを狙ったのかもしれないが、グラタン皿は弧を描いてテーブルの上空を飛び、わたしの左耳をかすってから壁に激突して砕けた。

「わっ、何するの」

床に散らばったマカロニやホワイトソースや海老やマッシュルームを茫然と眺めながら、自分でも情けないほど弱々しい声が出た。グラタンを投げつけた女の忌ま忌ましげな形相に怯《ひる》んだというよりは、左耳に残った熱さがじわじわと効いてきて、万が一これが顔面に当たっていたらと思うと、すうっと脚がふるえた。

「当たったらどうすんの？　死ぬよ。マジで。死ぬよ」

「あんたなんか死ねばいいのよ」

千草《ちぐさ》は両手に鍋つかみを嵌《は》めたまま立ち尽くし、ぞっとするような声で憎々しげに吐き捨てた。目がすわっている。料理を作りながらワインを飲んでいたのは知っていたが、いつのまに沸点を越えてしまったのだろう。こういう目でわたしを見るときは日頃の鬱憤のはけ口を求めてわたしを餌食にしたがっているときだと経験上わかっているので、なるべく刺激しないようおとなしくしていなくてはならない。挑発に乗って喧嘩腰になればグラタンよりもこわい言葉のナイフが飛んできて、わたしを八つ裂きにするだろう。

「今晩のおかず、台なしになっちゃったね。コンビニで何か買ってこようか？」

平然を装って飛び散ったものを片付けようとすると、千草は醒めるどころかますます熱してきて、今度は直撃するように鍋つかみを投げ、どろどろの白い中身を手のひらで掬《すく》って投げつけた。中身はわたしの顔面と髪の毛にかかり、目の中にも少し入った。わたしはその熱さに我を忘れ、思わず、

「いいかげんにしなよ！」

と叫んで、同じものを投げ返していた。

「何すんのよバカ！」

身を翻《ひるがえ》してわたしに立ち向かってくる千草の髪は逆立ち、目は吊り上がり、口はゴジラのように今にも火を噴きそうに見えた。だが次の瞬間、床のいたるところに飛び散っているホワイトソースに足を滑らせ、千草は勢いよくコケて尻餅をついた。逃げ出そうとするとわたしのスリッパが滑って脱げ、足の裏であたたかいマカロニを踏みつけるいやな感触が靴下越しに伝わってきた。と同時にわたしも転倒した。皿の破片がわたしの肘《ひじ》に突き刺

さり、みるみる血が滲んできた。これじゃまるで女殺し油地獄みたいだ、女殺しグラタン地獄だ、とわたしは思った。

　二人して床に座りこんで、ホワイトソースにまみれて、舌打ちともため息ともつかぬ低い音を漏らしあった。ここで顔を見合わせて笑ってしまうことができたら、もう一度やり直せるかもしれない。傍から見ればこれは滑稽なシーンに違いない。笑ってもいいのだ。いや、笑うべきなのだ。つきあって三年半、これまでにも激しい喧嘩を繰り返し、最後にはどちらからともなく笑ってしまって事を収めてきたことが何度もあったではないか。

　だが、わたしたちは笑えなかった。笑うかわりに、二人で涙を流していた。

「別れようか」

　とつぶやいたのは、ほとんど同時だったと思う。

「本気だよ」

「うん、あたしも」

「もう、疲れちゃった」

「あたしも疲れた。もう限界」

「どうしようもないよね」

「どうしようもないんじゃない？」

　ぼそぼそと言い合って合意を確認すると、わたしは手と顔を洗って彼女の部屋に置いてある私物をまとめた。下着と靴下が数組、Tシャツとチノパンが数枚ずつ、化粧品、コンタクトレンズの洗浄液、そして歯ブラシ。それらをデパートの袋に詰めると、ささやかな荷造りは完了した。千草がわたしのために買ってくれた茶碗とマグカップはどうしようか迷ったが、結局置いてゆくことにした。

「借りてた本とCDも持ってって」

と千草がけだるそうに言うので、彼女の本棚とCDラックからわたしのものを抜き取り、袋に入れた。二人でお金を半分ずつ出しあって買ったCDも何枚かあり、どうすべきか迷ったが、話し合ってどちらがどれを取るか検討するような雰囲気ではないので、やはり置いてゆくことにした。

「わたしの部屋にあるあなたのものは、宅配便で送るよ」

「いらない。全部捨ててちょうだい」

「……わかった。千倉はキャンセルしとくから」

あさってから二泊三日の予定で南房総の千倉へ泳ぎに行くことになっていた。つきあって初めての夏に泊まった海沿いのプチホテルが二人のお気に入りで、それから毎夏訪れている。あのホテルのダイニングルームから眺める夕陽をもう二度と見ることはできないんだ、と思うと、風船がしぼむような気持ちになった。

「キャンセル料、払う」

千草は財布から一万円札を三枚取り出して、わたしの前に置いた。いらないと言ったが、無理やりにシャツのポケットにねじ込まれた。千草がいったん財布から出したお金を引っ込めることはないと知っているから、受け取らざるをえなかった。

最後に合鍵を返してしまうと、もうここにいる理由は何もなかった。

千草が一心不乱に床を雑巾で拭いているあいだに、わたしは黙って玄関のドアを閉めて彼女の部屋から出て行った。

帰りの電車の中で、むらむらと腹が立ってきた。

グラタンを投げつけられ、罵詈雑言《ばりぞうごん》を浴びせかけられ、夜遅く部屋を追い出されて終わるだなんて、考えうるおよそ最悪の終わり方ではないか。わたしは全身からグラタンの匂いをさせていた。本が意外に重かったせいで、両手にぶら下げた紙袋の紐はひとつが千切れ、もうひとつのほうも切れかかっていた。おなかが空《す》いてめまいがしそうだったが、ひとくちでも胃の中に入れれば反射的に吐いてしまいそうな気もした。シャツのボタンにも、爪《つめ》の中にも、腕時計の文字盤にも、吐瀉物《としゃぶつ》によく似たどろどろの白い塊がこびりついている。わたしの肘からは血も流れている。泣いたあとだから目も真っ赤に充血し、瞼も腫れている。誰が見てもたちの悪い酔っ払いにしか見えないだろう。

大体、こんなひどい仕打ちを受けなければならないほど悪いことをした覚えがないのである。喧嘩の原因はいつものようにたわいもないことだった。それが何だったのかも一時間後には忘れてしまうくらいささいなことだ。このところお互い仕事が忙しくて、会ってもセックスレス状態が続いていた。久しぶりにセックスを誘ったら疲れてるからと断られ、カッとしてこう言ってしまったのだ。

「女どうしのカップルってさ、セックスがなくなるとただの友達になっちゃうんだよね。一番相手のことわかってるし、一緒にいれば居心地はいいよ。でもわたしだって生身の人間なんだから、たまにはセックスもしたいわけよ。わたしは別に友達を求めてるわけじゃないんだからさ。ちゃんとセックスしてないと、好きかどうかもわからなくなっちゃう。こういうとき、男と女だったら楽だっただろうにって思うよ。男ってわかりやすいし、女どうしみたいにややこしくないもん」

　すると千草が、反感をあらわにしてこう言った。

「何それ？　やっぱり男のほうがいいってこと？　あたしと別れて男とつきあいたいってこと？」

　千草はビアンだが、わたしはバイセクシュアルなので、この手の発言には必要以上に神経質になる傾向があった。

「そうは言ってないよ。ただいつも拒絶されるばかりだと、まるで自分だけがケダモノみたいに思えてくるんだよ。相手が男ならこんな屈辱を味わわずにすむしね」

「あんたってセックスのことしか頭にないの？　男のセックスは一方的だからつまらない、あんなのはただの摩擦でエロスはないって、そう言ったのは誰でしたっけ？」

「でも、メンタルがすべての女どうしのセックスより、あの動物的な単純さが懐かしいと思うときもあるよ」

「今さら何でそんなこと言うの？　これだからバイの女はいやなのよ！」

「バイと知っててつきあったのはそっちでしょ。いやなら生粋《きっすい》のビアンの女とつきあえば？　いつでも別れてあげるからさ」

「そうね。あんたも男とつきあえば？」

「そのほうがお互いの幸せのためかもね」

「もしかして、もうつきあってるんじゃないの？」

「またはじまった、千草の妄想が。そうやって変な言いがかりをつけられるたびに、どんどんいやになってくのがわからないの？　女なんかもううんざりだよ。男のほうがよっぽどいいよ」

　ここでグラタンが飛んできたのだ。千草には以前から少し酒癖の悪いところがあり、酔って絡《から》まれるのはしょっちゅうだったが、こんな形でヒステリーを爆発させるのを見るのは初めてだった。女でも簡単に暴力的になりうるのだという実例を目《ま》の当たりにして、わたしはショックを受けていた。わたしが世の中で一番嫌いなものは暴力で、その次がしつこい酔っ払いだった。つまり酒乱は天敵ということになる。自分が飲めないから酒飲みに対して寛容になれないのだ、と千草にはいつも文句を言われたが、他人に迷惑をかけないきれいな飲み方をする酒飲みに対してはいくらでも寛容になることができる。

でも千草はそうではなかった。たまにしか会わなかったつきあいはじめの頃にはわからなかったが、会う頻度が増え、週末ごとにどちらかの部屋へ泊まりに行くようになると、晩酌と寝酒を欠かさないらしいということがわかってきた。週末だから酒でも飲んでリラックスしたいんだろうと思っていたが、週のうち半分をともに過ごすようになっても、その習慣は変わらなかった。あなたと会うと嬉しくてつい飲みたくなるの、という彼女の言葉をわたしは信じていた。しかしそうではないことはすぐにわかった。燃えないゴミを出す日の朝、ベランダや押し入れに隠していた夥《おびただ》しい数の空き瓶や空き缶を彼女がかき集めているのを見てしまったのだ。何週分出し忘れたのかときいたら、これで一週間分だという。わたしと会う日も会わない日も、雨の日も風の日も、楽しい時も悲しい時も、彼女は大量のビールやワインを日常的に消費していたのである。

酒量は明らかに増え続けていた。空き缶や空き瓶の数と比例するように、わたしに絡んで喧嘩する回数も増えていった。男がいるんだろうとか、女がいるんだろうとか、なぜ一緒に暮らしてくれないのとか、別れたいとか、別れたら死ぬとか、すわった目で言われるようになった。彼女が酒を欲しがれば欲しがるほど、わたしの体を欲しがらない傾向があることに、わたしは気づいた。飲めば飲むほどセックスレスになっていくことも、わたしが彼女の飲酒をいやがる理由のひとつだった。

わたしはわたしなりに千草を愛していたけれど、酒を飲む千草は別の人格になるので愛することはできない。相手の欠点までも愛せることが真実の愛だというのなら、わたしは千草を本当には愛していなかったのかもしれない。このままつきあい続けていても、どのみち長続きはしなかっただろう。ここ半年くらいは、いつ別れようか、潮時をお互い探りあっていたような気がする。ふんぎりをつけるために彼女はわざとあんなおおげさなことをしてみせたのかもしれない。本当は大して飲んでなくて、酔ったふりして勢いをつけて腐れ縁を断ち切ったのかもしれない。この程度の修羅場で済んで幸いだったのかもしれない。ちっとも最悪なんかじゃない、これでよかったのだ、こうするしかなかったのだ、とわたしは何度も自分に言い聞かせた。

わたしが乗った電車は終電で、途中駅までしか運行していなかった。終点の駅で降りるとたちまち全身から汗が噴き出し、シャツが肌に張り付いてきた。こんな時間でも三十度近くはありそうだ。改札を抜けたとたんにもうひとつの紙袋の紐もとうとう千切れ、わたしは二つの重い紙袋を抱きかかえるようにして歩かなくてはならなかった。ここから先はタクシーしかないが、駅前のタクシー乗り場にはうんざりするほどの長蛇の列が無言の葬列のように粛然とできあがっていた。

わたしは一瞬、この重い荷物を全部捨てて、自宅まで歩いて帰ろうかと考えた。しかし歩けばたっぷりと一時間はかかる。二十代の頃ならこういう精神状態のときは何も考えずにひたすら歩いたり走ったりすればいくらか気がまぎれたものだったが、三十も半ばを過ぎると翌日のことを考えてしまう。タクシーの待ち時間はおそらく四十分というところだろう。わたしは観念して列の最後尾に並んだ。

することもないので、駅のロータリーを漫然と眺める。普段降りることもない駅だが、まわりにある店がほとんど同じチェーン店ばかりなので、すくなからぬデジャ・ヴを感じる。並んでいる人々もよく似ている。この暑いのにきちんとスーツを着たお行儀のよいサラリーマンたち。ブリーフケース、スポーツ新聞、すこし赤い顔。行列には明日からお盆休みだという解放感がそこはかとなく漂っている。勤め人の群れの中に、時折茶髪の若い女の子が混じる。みんな疲れて汗だくで、早く家に帰ってエアコンつけてシャワーを浴びてビールを飲んでベッドにもぐりこむことだけを考えている点では変わらない。

「近藤さん、近藤さん」

突然、背後から自分の名前を呼ばれて、どきりとして振り返った。

わたしの三人後ろに並んでいる長身の男性が、にこにこして会釈している。

「あれ……曽我《そが》さん？」

一度しか会ったことのない人間だったが、すぐに名前をフルネームで思い出すことができた。たしかに曽我孝太郎だ。間違いない。

「やっぱり近藤さんだ。僕のこと覚えてます？」

「もちろん。よくわかりましたねえ」

「こんなところでお会いするなんて、うれしいなあ」

しんとしたタクシー待ちの列のなかで、曽我孝太郎の大きな声はよく響いた。

「おうち、このあたりなんですか？」

「いや、全然。取材で来て、帰るところです。ここ、いつもこんなに並ぶんですか？」

「さあ、わたしの駅はもっとずっと先なんですけど、電車がここまでしかなくて」

「そうですか。いや、参ったなあ」

「終電が行った直後ですからね。今がピークでしょう」

人懐こい笑顔はあのときと変わらない。こんなときにこんなところでばったり会っても、どこかほっとさせてくれる空気をこの男はもっている。

「そうだ、いいことを思いつきました」

彼が時計を見ながら嬉しそうに言った。

「何ですか？」

「一時間くらい後なら、きっと空《す》いてると思うんです」

「ええ、たぶん」

「これから一杯だけ飲みに行きませんか。同じ一時間待つのなら、涼しいところで冷たいビールでも飲んでたほうがよっぽどいいと思いませんか」

それは今夜のわたしには、なかなか魅力的な申し出だった。飲酒の習慣をもたない人間にも、ヤケ酒を飲みたい夜がある。一面識もない男からまったく同じことを言われたとしても、今夜のわたしならあるいは酒場までついていったかもしれない。何せひとりでは缶ビールも飲めないのだ。

「明日からお休みだし。ね、一杯だけ。ほんの小一時間」

「うん、それはいい考えかも」

「じゃ、決まり。抜けましょう」

二人で行列を離れるとき、わたしと彼とのあいだに並んでいたサラリーマンとOL風がちょっと羨《うらや》ましそうな顔をしたのを、わたしは見逃さなかった。急に体が軽くなったのは、彼がわたしの荷物を半分もってくれたからだけではない。本当は誰とでもいいから酒を飲みたかったわけではない。こんなときでなくても、夜道でばったりこの男に会ったら、やはりわたしは一緒に酒を飲みたいと思うだろう。

男の背中を見ながら歩くのはずいぶん久しぶりだ、とわたしは思った。千草とつきあうようになってからは、いつも二人で肩を並べて歩いていたから。

「そのせつは、お世話になりました」

「いえいえ、こちらこそ」

わたしたちは駅前の朝五時までやっている居酒屋チェーン店に入って乾杯した。

ほんのグラスに一杯でよかったのだが、曽我さんはいきなり生ビールの大ジョッキを注文してしまった。いけるくちだと思われているらしい。グラス二杯まではがんばれるつもりだが、象の小便の一回分くらいはありそうな量は一生分の失恋をしても到底がんばりきれるものではない。

「赤城《あかぎ》シェフはお元気ですか？」

「ええ、何だか毎日元気ですね」

「それはよかった」

「奥様はお元気ですか？」

「ええ、ええ、そりゃあもう」

曽我さんは新聞社系列の週刊誌の記者で、半年ほど前「舌を科学する」という特集記事を組んだとき、わたしの勤めるホテルのフレンチレストランのシェフに取材に来たのである。赤城シェフの秘書であるわたしにまず連絡が入り、時間と場所を設定し、インタビューにも同席した。

このときシェフに急用ができて、約束の時間より一時間ほど遅れてくることになった。その一時間の場をもたせるために、わたしたちは初対面であったにもかかわらずいろんな話をする必要があった。彼のほうが気を遣って、わたしを退屈させないよう、ずっと喋り続けていたような気がする。その話題のほとんどは彼の妻に関することだった。

「そのネクタイ、渋いですねえ」

とお愛想で言ったら、妻の手作りだと言って顔を綻《ほころ》ばせた。それがきっかけだった。

「つれあいが機織《はたお》りと染色と両方やっていましてね。時々東京のデパートなんかにも出したりしているのかな」

「へええ、どこで知り合われたんですか？」

ときいたら、ツボにはまった。

「僕が北九州支局で記者やってるころに、うちの社がスポンサーになってる賞を彼女が取ったんですね。一般的な知名度は低いんですが業界ではわりと大きな賞でして、受賞者は新聞の一面に写真入りで紹介されるんです。僕はまだ駆け出しでしたから、一面のインタビューを担当させてもらうこと自体初めてで、すごく気負っていたんですね。丹念に丹念に取材して、取材しすぎて結婚することになっちゃった」

彼女が十四歳年上だということも、屈託なく話してくれた。そのときの記事で使われた彼女の写真のオリジナルを定期入れから出してこっそり見せてくれた。本当に妻の写真を定期入れにしのばせて持ち歩いている男がいるとは驚きだったが、写真を見てなるほどと納得することになった。四十二歳の新進気鋭の染織家というよりは、女学生のように愛らしい魅力を湛《たた》えた女性がそこに写っていたからだ。

インタビューが終わればこの先二度と会うこともない間柄の他人に向かって、こんなに楽しそうに妻の話をするなんて、普通の男なら野暮か嫌みでしかないが、彼の人徳というべきか、シェフが恐縮してあらわれるころには、わたしは彼に対してもその妻に対してもすっかり好感を抱いていたのである。だからわたしはまず最初に奥さんのことを尋ねたのだ。

「ところで家出でもしたんですか？」

彼がわたしの荷物を見ながらニヤニヤして言った。今や崩壊寸前となった紙袋の裂け目から歯ブラシやブラジャーやTシャツが顔を出している。

「ええ、まあ、そんなようなものです」

「顔色も悪いみたいですね。気分は？」

「今のわたしの気分を説明するなら、このジョッキに顔を埋めて溺死したいという、まあそんなところですね」

「僕なら溺死に至る前に全部飲んじゃうでしょうね。失恋でもしましたか」

「さすがは新聞記者。洞察がするどい」

「新聞配達の青年にだって、古新聞の回収業者のおじさんにだって、そんなのわかりますよ」

「そんなにわかりやすいですか、わたし」

わたしはごくごくとビールを飲み、何の味もしない突き出しの枝豆を立て続けに口の中へ放りこんだ。すると唐突に胃が縮み上がるような空腹を覚え、げそ揚げ、冷や奴、冷やしトマト、焼きおにぎりを注文して来るはしから食べた。

「差し支えなければ、あなたを振ったもったいない男の話をしてください。悪口でも言えば気が晴れるかもしれない」

「本当についさっき別れてきたばかりだから、気持ちの整理もついていないし、泣いちゃうかもしれませんよ」

「どうぞ、どうぞ。そんな夜にばったり会ったのも何かの縁でしょう。それとも、ひとりで布団の中で心ゆくまで泣きたいというのなら、僕はここで帰りますけど」

曽我孝太郎にはどこか、よく訓練された人懐こい大型犬を思わせるようなところがあった。穏やかで、礼儀正しく、公平で、あたたかい日なたの匂いがする。わたしは彼のいささか古めかしい立派な名前がちょっと気に入っている。曽我さん、というよりは、孝太郎さん、と名前のほうで呼びかけたくなるような雰囲気が彼にはある。

「でも愛妻家の前で泣くというのも、何だかまぬけな気がします」

「そうかなあ。安心して泣けるんじゃないかなあ」

「それよりまた奥様の話を聞くほうが元気が出るかも。りり子さん、でしたっけ？　こういうときは寝ないで待ってたりするんですか？」

「今、いないんです。九州に帰ってます。別に逃げられたわけじゃなくて、染めの作業に入るときはいつもね。りり子さんのは草木染めで、実家の裏山で材料がたくさん採れるんですよ。大釜《おおがま》を置けるスペースもこっちではなかなか」

そうか、今夜、りり子さんはいないのか。そのときわたしが噛みしめていたのはビールの苦みと、奇妙な解放感だった。いつも公園で犬を散歩させているおばさんとすれ違うとする。躾《しつけ》の行き届いたおおらかな性格のよい犬で、めったなことでは吠えないし、顔見知りに会うとかるく尻尾を振って親愛の情を示してくれる。飼い主のおばさんとはすれ違っても別に挨拶や会釈を交わしたりはしないのだけれど、わたしは犬に微笑を送り、犬は控えめに尻尾を振って会えたことを喜びあうのだ。ある日、いつものように公園に行ってみると、おばさんはいなくてその犬だけが一匹で散歩しているではないか。犬とわたしは目が合うと、誰に気兼ねすることもなく、いつもの十倍くらいの感情表現をして会えた嬉しさを伝えあい、そして日が暮れるまで一緒に遊ぶ。わたしが感じた解放感とは、そんなようなものだった。

「いつまでいないんですか？」

「あと一週間は帰ってこないかな。僕も休みの後半は追いかけて九州に帰ってこようと思ってるんですけどね」

「ごはんとか、どうしてるんですか？　九州男児って、家の中のこと何もしないんでしょ？」

「りり子さんが出発前にまとめて作って、一回分ずつ小分けして冷凍してあるの。レンジでチンすればいいだけになってるんだけど、ひとりだとつい、普段食べさせてもらえないものを食べちゃう」

「たとえばどんなものを？」

「うちはジャンクフードが禁止でね。ハンバーガー、牛丼、フライドチキン、お好み焼き、最初の一週間で一通り食べますね。お好み焼きっていってもね、ちゃんとした店の、粉とかソースとか具の中身にこだわったまっとうなものじゃなくてね、駅前のテイクアウト専門の、焼きそばとかタコ焼きとかも置いてあるチープなやつが無性に食べたくなるんだな。それを好きなだけ食べられるのがもう嬉しいのなんのって」

「そういうの、お宅じゃ禁止されてるの？」

「ああいうのってすぐ太るからね。時々こっそり持ち帰って食べてると、冷たい目で見られて、結局没収される。夜中にポテトチップスとさきいかでビールを飲む楽しみも今のうちだなあ」

彼はちょっと嬉しそうに言った。食べられることよりも、それを彼の健康のために禁じる妻の存在が嬉しくて誇らしくてたまらない様子だった。もしそれを禁じる者がなく、何でも好きなものを好きなだけ食べられる状況にあったら、そんな食生活はただ空《むな》しいだけだろう。

「わりと子供っぽいところがあるんですね」

「りり子さんにもよく言われます。十四も年下なら当然か」

「そういえばわたしは曽我さんより二つお姉さんなんですよ」

「え、年下なのかと思ってた。彼氏はいくつなんですか？」

やはりこの話題は避け難いようだ。ごまかすのは簡単だが、このひとになら話してもいいと思った。時代の先端を歩き、柔軟性を求められる彼の職業のせいだけではない。人間を見る視野が広く、あらゆることにオープンで、信用できそうな気がした。

「さっきから訂正しようかどうしようかと迷っていたんですけど……実は彼氏じゃなくて、彼女なんです」

「ああ、そうなの？　何だ、もっと早く言ってくださいよ。とんだ失礼をしちゃった」

思った通り、まったく気にかけぬ様子で、泰然としている。わたしはこの男にすべてを話してしまいたい衝動に駆られた。考えてみれば彼は理想的な話し相手ではないか。仕事関係の人間ではないし、プライベートな友人というわけでもない。赤城シェフは彼のことを知っているが、二度会うことはまずないだろうし、それにあのひとはつねに新作料理のことで頭がいっぱいだから、取材しに来た記者のことなどいつも五分後には忘れてしまう。近所に住んでいるわけでもなさそうだし、共通の知り合いはひとりもいない。もしかしたらこれっきり、二度と会うこともない人間かもしれないのだ。わたしはそのように自分をガードした。

「もしかして、男嫌い？」

「いえいえ、わたしの場合はバイというか、ノン気寄りのバイというのかな、どちらかといえば男性とつきあった経験のほうが多いんだけど、女性にも惹かれることがあって、好きになったら男でも女でも関係ないんですね。たまたま好きになった相手が女性だったというだけで」

「だったらよかった。男と二人きりでいるのが苦痛だったら、あまりにも申し訳ないですからね」

「そういえば、男の人と二人で飲みに行くなんて、三年半ぶりのことなんだ」

「お相手がこんなんですいませんねえ。しかもこんな中途半端な店で」

曽我さんは空のジョッキを下げさせ、おかわりを注文した。わたしのジョッキがほとんど減っていないのを見て、カクテルやワインもありますよ、おいしくないけど、と言ってメニューを眺めた。

「ということは、彼女とは三年半つきあったんだ？」

「そう。一番長かった」

言った途端に、泣きそうになった。千草とつきあっていたことをわたしの友達は誰も知らない。話しても理解してもらえそうにないから誰にも言えなかったのだ。千草はごく若いうちから自分のセクシュアリティを受け入れ、その輪の中に自ら入って人間関係を作ってきたようだが、わたしはそうではなかった。女の人を好きになるたびにその気持ちをひた隠し、友情とか憧れといった都合のいい言葉に置き換えようとした。その垣根をあっけなく取り払ってくれたのが千草で、わたしは彼女とつきあって初めて、こういうのもありなんだと思い知らされることになった。

だからわたしにとって千草は、恋人としてちゃんとつきあった初めての女性であり、ちゃんと別れた初めての女性ということになる。色恋沙汰のうじうじとした悩みを飲み屋でぐだぐだと語るのは一種の恋の醍醐味《だいごみ》だろうが、今回に限っては打ち明ける相手もいなかったから、こうして誰かに失恋の事実を客観的に話せることに、胸がいっぱいになったのかもしれない。

「もう完全に別れちゃったの？　修復の見込みとかはまったくないの？」

「ないと思う。たぶん」

「気持ちとしてはふっきれてるの？」

「そんなにすぐには……でも、ふっきるしかないと思う」

「まだ好きだって顔に書いてある」

「そんなにわかりやすい？　わたしって」

そのとき、曽我さんがとろけるようにやさしい目をしてわたしを見つめ、慈愛をこめてほほ笑んだ。銀のスプーンで一匙《ひとさじ》のはちみつを掬《すく》って、さあ舐めてごらんと差し出されたような気のする笑顔だった。

「近藤さんって、素直なひとだなあ」

その匙を舐めるともう一匙のはちみつが出てくる。舐めても舐めてもどんどん出てくる。そんな魔法のスプーンをもっているのではないかと思わせてくれる男が今目の前にいて、こぼれるようなやさしさを滲ませた目でわたしを見ている。それだけでわたしはあふれてしまう。こらえにこらえていたものが静かに決壊して頬をつたう。

「いいよ。泣いて。いいよ」

曽我さんの目はもっともっとやさしくなる。涙と一緒に鼻水がとまらなくなる。曽我さんは新しいおしぼりを貰《もら》ってきて、黙ってわたしの前に置く。彼の手がとてもきれいなことに泣きながら気づく。その手で曽我さんがわたしの髪の毛を撫でてくれる。撫で方の下手な若いお父さんみたいにぎこちなく。でも曽我さんの手のひらはほんのりと温かくて、それが彼の心の温かさのように思えてくる。涙と鼻水がようやく収まると、彼はわたしのために熱いお茶を頼んでくれる。

「飲んで。落ち着くから」

熱いほうじ茶を飲みながら、やはり女は男といるほうが自然で安心できるのではないかと思った。千草のことがとても好きだったけど無理していたのも事実だった。たとえばデートのときはいつも割り勘を徹底させていたこととか、プレゼントを贈りあうのは誕生日やクリスマスやバレンタインデーのときだけで、ハレの日でもないときに無意味なプレゼントはしないとか、しかもプレゼントの予算は同程度でなければならないとか、たまには他の友人と映画を見たいのに必ず二人で見に行きたがるとか、女同士ならではのそういったさまざまな暗黙のルールに違和感を覚えてもいたのだった。

十代の頃からずっと、自分よりうんと年上の男とばかりつきあってきたせいかもしれない。彼らはわたしのわがままを喜んできいてくれたし、よほどのことがなければ怒ったりはしなかった。わたしは男にチヤホヤされ、甘やかされることに慣れていた。はじめのうち、千草がなぜそんなに怒るのかわたしは理解できなかった。わたしたちは会うたびに喧嘩した。あなたがこれまで男たちから受け取ってきたものは愛ではなくただの愛撫だ、と言われたこともある。愛とは与えあうものだ、与えられるだけの愛は間違っている、と。

でもほとんどの男は女を対等な生き物だとは見なしてなくて、基本的には庇護すべきか弱き者と思っているので、一方的に愛情やごちそうや贈り物や時には金銭までも女に与えることを一種の義務のように考えたがっている。割り勘にしようと言うとプライドが傷つく男も多い。わたしはウーマンリブの闘士でも何でもなくて、肩肘張って生きることが少々つらくなった中年女に過ぎないから、男のそのような傲慢さに甘んじることが楽で賢い生き方だと思いたい夜もときにはある。同性愛者でフェミニストの恋人と肩を並べて歩くより、男に守られ束縛され大事にされて後ろから歩いていくほうが自分の性には合っているんじゃないかと思うこともある。

　つまり、わたしは疲れていたのだ。あからさまなギブ・アンド・テイクの関係に少し息が詰まっていたのだ。恋愛において何から何まで対等な関係を維持し続けるのはとても難しいし、時としてそれはつまらなくさえある。力関係を均一化することにどれほどの意味があるのだろうか。これでは相手に甘えることができないし、甘えかかられることをゆるすこともできない。たまには気まぐれにごちそうしたり、思いもかけないときに花束をもらったりしてみたい。千草と出会う前に受け身の恋愛ばかりしてきたわたしには、千草との日々は毎日が緊張の連続だった。いつも背伸びして、突っ張っていた。精神的に自立した彼女にふさわしい人間になろうとして、あがいていた。

　でも結局はうまくいかなかった。わたしは千草と一緒に肩を並べて歩き続けることができなかった。そしてそんな意気地のないわたしを罰するかのように、グラタンが飛んできたのだ。

「ここからお宅までは車でどれくらい?」

居酒屋を出ると、曽我さんが言った。

「送ります」

「いえ、ひとりで帰れます。もう大丈夫です」

通り道なら遠慮はしなかったが、さっき聞いた曽我さんの家はわたしの家とは方角が正反対といってよかった。わたしは東京の西のはずれに、曽我さんは東のはずれに住んでいるのだった。

「あなたがそんなに酒飲めないなんて、知らなかったんです。ごめんなさい、調子に乗って大ジョッキなんか頼んでしまって。赤城シェフはかなりの酒豪だというお話だったから、いけるくちじゃないと秘書は務まらないんじゃないかって、短絡的すぎましたね、本当にごめんなさい」

「でも、おかげさまで少し気が楽になりました。ありがとう」

「とにかく送らせてください。万が一途中で何かあったら赤城さんに殺されますし、お宅のホテルにも出入りしにくくなります。僕、あのホテルの喫茶室が結構好きで、時々仕事の待ち合わせで使わせてもらってるんですよ」

曽我さんは本気で心配しているようだった。でもわたしが家まで送ってもらうのを遠慮したい理由はもうひとつあった。ほぼありえないことだが、もしかしたら千草がわたしの部屋の前で待っているかもしれないと思ったのだ。合鍵はお互い返してしまったから、中には入れない。さっきの別れ話を後悔して、もう一度ちゃんと話し合おうと言いに来たかもしれない。明日からの長い休暇をひとりぼっちで泣きながら過ごすのはいかにもつらい。楽しみにしていた旅行にも行きたい。きれいな海で泳いで、おいしい海の幸を食べて、あの夕陽を眺めたら、また最初の頃の気持ちに戻れるかもしれない。そう言うためにタクシーを飛ばして来てくれたのではないか。こんなふうに考えてしまうのはまだまだ未練があるからか。そうしたがっているのはむしろわたしのほうなのか。

「実は、あまり家に帰りたい気分じゃないんです。もしよかったら、曽我さんのおうちに行ってもいいですか」

心配だから送らせてほしいと言ってくれる男をしつこく断るのも失礼だと思った。それにもし千草がわたしの部屋の前に立っていなかったら、どうすればいいかわからなかった。携帯電話の着信履歴を何回調べても、千草がかけてきた形跡はない。本当にこれでおしまいなのか。わたしはそのことを確認するのがこわかった。

「もちろん、僕はかまわないけど……遠いですよ。大丈夫かな？」

「吐くほど飲んでませんからご心配なく」

「深夜のドライブも気分転換にはいいかもしれないね。うん、それがいい」

「じゃ、決まり。行きましょう」

「あ、ちょっと待って。その前に」

曽我さんは駅前のコンビニへ入っていくと、頑丈な紙袋を二つ買って戻ってきた。そしてわたしのよれよれの袋ごとその中に入れてくれた。

「ちょっとした遠足だから、おやつもね」

ついでにポッキーとかっぱえびせんも調達してきたらしい。

「わあ、うれしい」

「何だか楽しくなってきたぞ。よし、行きますか」

急に話が決まって、わたしたちは色めきたった。曽我さんは自社のタクシー券が使える車を拾いに行き、わたしは自動販売機で冷たいウーロン茶を二本買った。千草がわたしを待ってなんかいないことはわかりすぎるほどわかっている。甘い時はしゃぶり尽くされてしまった。恋愛の賞味期限はとうに過ぎてしまった。熟した実が落ちるように、しかるべき時間をかけて、自然の流れに従って、ひとつの恋が死んだのだ。死んだものは葬《ほうむ》らねばならない。事実として受け入れ、未練を断ち切り、きれいに忘れなくてはならない。

「りり子さんの話をしてください」

と、タクシーの中でわたしは言った。

「さっきからそればっかり」

「興味があるんです」

「いつか口説かれても困るけど」

「どちらかといえば孝太郎さんより、りり子さんのほうがタイプかも」

さりげなく名前で呼んでみた。それだけで二人の距離がぐっと縮まったような気がした。

「それ、聞き捨てならないなあ。僕より彼女のほうがいいのか」

「あ、拗《す》ねてる？」

「ふん、別に」

「孝太郎さんって、呼んでもいい？」

「うん。ちょっと嬉しいかも」

「りり子さんは何て呼んでるの？」

「孝太郎さん」

「いいなあ。さんづけで呼びあう夫婦って、美しいなあ」

ラジオからNHKのニュースが流れている。台風接近、明日にも九州南部に上陸のおそれ、と言っている。関東地方は晴れのち曇り、夜半過ぎから雨。降水確率は午前一〇パーセント、午後二〇パーセント、夜は四〇パーセント。予想最高気温は三十四度。蒸し暑い一日になるでしょう。

「台風といえばね、九州にいた頃の話。あっちは台風多いんです。あんまり多いから、ある程度の被害じゃないといちいち取材に行かないわけ。朝、自宅のほうに連絡が入ると、まず電話口できくことは何人死んだか。たった二人なら、まあ行かなくていいかあ、とかしゃべってるとね、隣でりり子さんが怒るのね。たった二人とは何事か、人の命を一体何だと思ってるのか。あたしの前でもう絶対にそんなことは言わないでって、そりゃあ大変だったたな」

「りり子さん、いいひとだね」

「そう。いいひとなの」

「他には？　もっと話して」

「りり子さんは若い頃、山女でね。山にばっかり登ってたらしい。あるとき、登山仲間と南米に行った。アンデスの山の麓《ふもと》の小さな村で、おばちゃんたちが鮮やかな民族衣装を道端に広げて売っていた。独特の柄があんまりきれいなんでいつまでも見ていたら、うちに招《よ》ばれた。そこには素朴だけどしっかりとした機織《はたお》り機があって、りり子さんはそこで機織りと出会ったんだ。自分でも織ってみたくなって、おばちゃんに一日一ドルで織り方を教わることにした。登山仲間が日本に帰ってもりり子さんはひとりでその村に残って、おばちゃんに機織りを教わりながら半年暮らした。で、日本に帰ると、すぐに京都の西陣へ行って、今の先生の門を叩いたんだ」

「りり子さん、すごいひとだね」

「うん、なかなかすごいよね」

「行動的、かつ情熱的」

「でしょう？　片言のスペイン語しかできないのにね」

深夜のタクシーの中でぼそぼそと打ち解けた話をしていると、相手の声がいっそう親しみ深く耳の底に残る。孝太郎さんの声はとても好きな声だ、とわたしは思う。彼が妻ののろけ話をすればするほど、どんどん好感を抱いてしまうのはなぜだろう。

「そんなにステキな女の人が、どうして四十二まで独身だったんだろう？」

「大恋愛の話はいくつか聞いたし、言い寄る男は数限りなくいたみたいだけど」

「十四も年上だと、まわりから反対されなかったの？」

「されたされた。お互いされた。ちょうどその頃、彼女のお母さんが入院しててね、いよいよいけないっていうときに、僕を呼んで、僕の手を握りしめて、りり子のことをくれぐれもよろしく頼むって。そのあとすぐ亡くなっちゃったから、うちの家族も許さざるをえなくなった」

「それはもう、死ぬまで面倒見なくちゃね」

「間違いなくりり子さんのほうが先に死ぬだろうから、僕がちゃんと死に水取って、見送ってやらなくちゃ」

「じゃあ、孝太郎さんの老後はさびしいね」

「もてもてジジイにでもなろうかな。あちこちにバアさんのガールフレンドつくって」

「そのときは、わたしもなってあげる。一緒に遊んであげる。巣鴨《すがも》でブイブイ言わせよう」

「いいねえ、老後に希望が出てきたぞ」

孝太郎さんも、わたしも、子はいない。おそらくこれからもつくらないだろう。孝太郎さんの場合は妻の年齢を考えると最初からあきらめたそうだが、わたしの場合は誰かと家庭をつくる自信も子供を産む自信もなかったからだ。二人とも自らの意志で選んだことだが、あらためて考えてみると子供をつくらない人生というのはそらおそろしいものである。老後のさびしさのみならず、自分の遺伝子を残さずにこの世を去るということに、人類としていくばくかの罪悪感を感じないこともない。国家の年金制度のために子孫を残さないことが申し訳ないのではさらさらないが、これまで脈々と受け継がれてきた遺伝子を自分限りで終わらせるということが淡い罪のように思われるのだ。

そんなことを考えていたから、ついこんなことを言ってしまった。

「何十年後、医療がはるかに進歩して、超高齢出産が可能になったら、孝太郎さんの子供を産んであげてもいいよ」

「じゃ、若いうちから練習しなくっちゃ」

「何を？」

「子供の作り方」

アハハ、と笑ったが、いやな気持ちは全然しなかった。そうなることを期待して彼の家に向かっていることを、わたしも彼もわかっていたからだ。それが失恋直後のヤケセックスであるということも承知の上だ。彼にとっては据《す》え膳《ぜん》を食べるだけのことに過ぎなくて、最愛の妻との生活に何の影響も及ぼさないはずである。

「夫婦生活はうまくいってるの？」

「うーん、やっぱり彼女の年齢が年齢だから回数は減ってきてるけど、でもなるべくつきあおうと努力はしてくれてる。りり子さんくらいの年になると、あんまりそういう気分にならないみたいなのね。でも断ったら僕に悪いと思うみたい。僕は無理にしなくていいって言うんだけど」

「三十五歳は男盛りだもんね」

「まあね」

「でもりり子さん、ちょっとかわいそう」

「そうなんだよ。そこが不憫《ふびん》でね」

「孝太郎さん、浮気したことあるの？」

「ないとはいえない。でも絶対にバレないようにする」

こんなに誠実を絵にかいたような男でも、やっぱり男って浮気するんだ。わたしは少し失望した。でも今夜のわたしにはそのほうが都合がよかった。これほど妻を愛している男なら、あとでややこしいことにはならないだろう。彼は彼でわたしの傷心につけ入ろうとしている。人はみんな誰かの隙間を利用して生きている。

後腐れのない、一度かぎりの、人生の彩《いろど》り。

「孝太郎さんって、悪い男だね」

「たいていの男は悪い男だよ」

「りり子さんには絶対にバレない？」

「絶対にバレない。保証する」

タクシーの窓から、川の土手らしきものが見えた。川向こうのビルのネオンや家々の灯が霞《かすみ》がかかったように滲んでいる。いくつもの町工場の煙突のシルエットが濃厚な下町らしさを醸《かも》し出している。

「大きな川だね」

「荒川だよ。そろそろ着くよ」

午前三時になろうとしていた。千草は今ごろ酔いつぶれて眠っているだろうか、としんとした繁華街を抜けながらわたしはふと思った。あるいはいつも行く二丁目のバーでビアンの女の子をナンパしてよろしくやっているだろうか。千草。千草。わたしは彼女の面影を消そうとして、孝太郎さんの肩に頭をもたせかけた。孝太郎さんは運転手さんの目を気にしながらさりげなくわたしの肩を抱き、さっきと同じように髪の毛を撫でてくれた。

わたしは俄《にわか》に緊張していった。男の人の体温を感じるのは三年半ぶりのことだった。たったこれだけのことでひどくドキドキする。初体験のときのことを思い出す。ここでキスされたらどうしよう、と思っているうちに、車は繁華街を抜けて住宅街に入っていく。道順を説明しているので彼の唇は近づいてこない。そこを右。それから最初の角を左。はい、ここでいいです。車は一軒の家の前で静かに停まる。わたしの緊張はピークに達する。

「お邪魔しまーす」

小さな声で一応言ってから、玄関を入った。りり子さんがひょっこり東京に帰っていて、中で待っているかもしれないと思ったのだ。そんな可能性を男は考えたりしないのだろうか。どーぞー、と呑気な声で言って客用のスリッパを出している。妻帯者の家へ妻の留守に上がりこんだのはこれが初めてだ。泥棒猫、という古風な蔑称《べっしょう》はなるほど言い得て妙であると、自分がその立場に立ってみて深く納得してしまう。

小ぢんまりとした二階建ての家だった。調度は民芸家具で統一され、りり子さんの趣味を彷彿とさせる小物や雑貨がいたるところにちりばめられている。不届きな闖入者《ちんにゅうしゃ》の目には、それらがこの家の女あるじの存在を示す入念なマーキングのように見えてくる。一階には六畳のリビングと六畳のキッチンがあり、廊下を挟んだ奥にバス・トイレがあった。一階リビングの壁一面に書棚がしつらえられており、孝太郎さんの蔵書がぎっしりと詰まっていた。その脇に昔の石油ストーブくらいの大きさの古めかしい釜のようなものが置かれていた。それがオブジェではなく実用品であることはすぐにわかった。

彼はまずリモコンのスイッチを入れ、

「すぐ涼しくなるから。コーヒー飲むでしょ」

と言ってお湯を沸かしはじめた。だがついたのはエアコンではなくテレビのほうだった。鷹揚に構えているように見えて実は彼も緊張しているのが伝わってきて、わたしの緊張はわずかにほぐれた。

「いいお家《うち》だね」

「二階が仕事部屋と寝室なの。見てきていいよ」

「じゃあ、失礼して」

気恥ずかしさを隠すように無邪気な探検者のふりをしてトン、トン、トンと階段を駆け上がる。二階の廊下の突き当たりにも洗面所があった。八畳の和室が開け放たれていて、中央に巨大な機織り機が眠るけものを思わせる生々しいたたずまいで鎮座しているのが目についた。あるいは翼も本体も失って骨組みだけになった小型飛行機が、砂漠に不時着してひっそりと息をしているようにも見える。それはただのモノではなく、使う者の魂が吹き込まれた何かだった。壁には小紋が掛かっていた。床には色とりどりの大量の糸が出番を待って整然と並んでいた。人型をしたもの言わぬ小紋は、わたしにその部屋に立ち入らせることを厳しく拒むかのように凛《りん》として見えた。実際、わたしはその部屋にだけは入ることができなかった。廊下から中を覗いてみただけだった。

その隣の六畳が寝室らしい。夫婦はここに布団を並べて寝るのだろう。今はひとり分の夏布団が無造作に折り畳まれている。六畳の奥には三畳ほどの小部屋があって、小さなデスクの上にパソコンが資料の山に埋もれるようにして置いてあり、デスクのまわりは足の踏み場もないほどの書物で溢れ返っていた。どうやらここが孝太郎さんの書斎のようだ。体の大きい孝太郎さんにはいかにも窮屈だろう。

「コーヒー入ったよ」

下から声がかかったので、降りていった。

「あんな狭いところに追いやられて、かわいそうに」

「うちは仕方ないんだ。りり子さんの織り機がでかいから」

「作品を作ったら展覧会とかに出品するの？」

「うん、毎年出してる。入選すれば高い値がつくらしい。展覧会は秋だから、毎年今頃は追い込みなんだ」

少しずつ、会話が途切れる。このコーヒーおいしいね、とか、おなかすかない？　とか、家賃はいくらなの、とか、縁側をいつも通る猫がいる、とか、ここの柿の木は大当たりだった、とか、そわそわしながらどうでもいいことばかり話している。

「近藤さんは、お盆休みはどうするの?」

「どうしようかな。あさってから彼女と南房総に行くつもりで宿も取ってあったんだけど、無駄になっちゃった。キャンセルして、ひとりで映画でも見に行こうかな」

「もったいない。僕でよければかわりに房総つきあおうか?」

「え、九州に帰るんじゃないの?」

「土曜日の飛行機に乗ればいいんだ。三日はあるからゆっくりできるよ」

このひとは、勢いをつけようとしている。ひとつ踏み外すために、女の喜びそうなことを言って、弾みをつけようとしている。でも一緒に旅行になど行ってしまったら、行為の意味が違ってきてしまう。一度かぎりならはずみということでごまかせるけれど、二度めからはシャレにならない。そんなことをしたらわたしはこの男を好きになってしまうかもしれない。わたしはリビングの写真立てに飾られた二人の写真を見ながらきっぱりと言う。

「やめとく。一応、思い出の場所だし」

「わかった。よけいなこと言っちゃったね」

また沈黙が訪れる。だんだん眠くなってきた。何も考えずにごろんと横になりたいと思う。孝太郎さんの隣で雪のように溶けて眠りたいと思う。

「今夜は蒸すねえ。シャワー浴びてさっぱりしちゃえば?」

均衡を破るように、孝太郎さんが言った。陳腐な常套句だが、思わず頷いてしまうほど蒸し暑くてやりきれない夜だった。

「着替えはもってる？」

幸いなことに、下着もTシャツもコンタクトレンズの洗浄液も化粧品も、お泊まりに必要なグッズは何もかも揃っている。そうしようと思えばここで何日か暮らすことができるくらいだ。

「バスタオルだけ貸して」

「二階のほうが涼しいから、上で寝よう。布団敷いとくね」

わたしはバスタオルを受け取ると、浴室に入った。浴室の脱衣スペースはちょっとした物置状態になっていた。たまりにたまった洗濯物、もう使わなくなったクリームや化粧水の瓶、洗剤や入浴剤の入ったケース。それらに混じって、束ねられた古雑誌、パソコンの空き箱、埃にまみれた破魔矢《はまや》、お酉様《とりさま》の熊手《くまで》などがごちゃまぜになってひしめきあっていた。どんなにきれいに片付いているセンスのよい家の中にも、一か所はこういう暗渠《あんきょ》のような場所が隠されている。これが家庭というものだとわたしは思った。

服を脱ぎながら見るともなく見ていると、その混沌の山の中におもしろそうなものを見つけた。つい最近まで明るい場所に飾られてあったと思われる七夕飾りだった。とうに七夕を過ぎたことに夫婦のどちらかがようやく気づいて、とりあえずここに押し込んでおくかと便宜的に置いたばかりのような按配だ。

一枚の短冊《たんざく》につきひとつずつ願いが書かれている。

【りり子さんが今年も入選しますように】

【孝太郎さんの英語が上達しますように】

【二人とも健康で楽しく暮らせますように】

それらの短冊が目に飛び込んできた。夏のはじめの夕暮れに、夫婦仲良く短冊に願いをしたためている光景が目に浮かんだ。

【りり子さんが今年こそ泳げるようになりますように】

【孝太郎さんが転勤になりませんように】

【かなちゃんの受験がうまくいきますように】

【小倉の父たちが健やかでありますように】

気がつくと、夢中で読んでいた。

【孝太郎さんがよいお仕事できますように】

【りり子さんの腰痛がなおりますように】
【ボーナスがたくさん出ますように】
【いい作品がつくれますように】

どれくらいのあいだ、わたしはその七夕飾りを眺めていたのだろう。浴室の床に座りこんで、ひとつひとつの短冊を何度も読んだ。読んでいるうちに胸が痛くなってきた。神様にそっとつねられたような、これからすることをやさしく窘《たしな》められているかのような鈍い痛みが胸の内にひろがっていった。それからわたしは、恥ずかしくてたまらなくなった。そのきよらかな七夕飾りの前で裸を晒していることが罰当たりなことのように思えて、それらの短冊の前でわたしの裸は醜い肉塊のようにしか見えなくて、わたしは慌てて服を着た。転がるように浴室を出ると、孝太郎さんが階段の一番下に座って煙草をふかしていた。

「あれ、シャワー浴びなかったの？」

わたしを見て孝太郎さんが怪訝《けげん》な顔をした。

何をどう言えばいいのか、ちょっと見当がつかない。

「どうしたの？　ゴキブリでも見た？」

「いや、それどころか、とても美しいものを見ちゃった」

孝太郎さんは、わからない、というように首を傾《かし》げた。

「何を見たっていうの？」

「七夕の飾り」

「ああ、あれか。やだなあ、見られちゃったのか」

「毎年つくるの？」

「うん。うちじゃ四季折々のものは一通りやるんだ。七夕もお雛様《ひなさま》もクリスマスツリーも全部飾るし、ほおずき市に朝顔市に羽子板市まで全部行く。花見も花火も紅葉《もみじ》狩りも欠かせない。僕もりり子さんもそういうのをきちんとやらないと気がすまないたちでね」

「あれはちょっと、感動した」

「もしかして、バカにしてない？　いい年をしてって、あきれてるでしょ？」

「とんでもない。本当にいいものを見せてもらいました」

「なんでシャワー浴びないの？」

「突然で悪いんだけど、わたし帰るわ」

「えーっ、どうして？」

孝太郎さんが落胆の声をあげて立ち上がった。

「ひと眠りして明日ゆっくり帰ればいいじゃない。どうせ休みなんでしょ？　どうせひとりでつまんないでしょ？」

「ごめんね。気を悪くしないでね。今度、りり子さんがいるときにゆっくり遊びに来るから。別に人妻を口説いたりしないからご心配なく」

孝太郎さんはしばらく腑《ふ》に落ちない様子でうろうろしていたが、わたしの気が変わらないらしいのを見て取ると、定期入れから紙切れを出してわたしによこした。

「じゃあ、タクシー券あげるよ。これ使って帰って」

「ありがとう。でもいらない。もうじき始発も出ることだし」

「何か怒ってるんじゃないよね？」

「全然そんなんじゃないの。本当にごめんなさい。うまく言えないんだけど、わたし孝太郎さんのこと大好きだし、会ったこともないりり子さんのことも大好きだよ。今夜、あなたに会えてよかった。ここに来てよかった。ありがとう」

最後に孝太郎さんの広いおでこにかるくキスをすると、孝太郎さんは苦笑いとも照れ笑いともつかぬ複雑な笑顔を見せて、一瞬迷った後、わたしのくちびるにではなくおでこに同じものを返してくれた。

「近藤さん、抱きしめてもいい？」

「いいよ。でもりり子さんには内緒だよ」

彼は大きな腕をひろげて、抱き方の下手な若いお父さんみたいにぎこちなく、わたしのからだを抱きしめた。シャワーを浴びたあとだったらお互いこのままではすまなかっただろうと思いながら、わたしは彼の腕の感触を味わった。

「あなたはとてもいい女だよ。このまま帰したら一生後悔するだろうな」

「わたし、男の人としばらくしてないから、たぶんやり方忘れてる」

「何バカなこと言ってるの。僕が思い出させてあげるのに」

「できないと思う。彼女がまだここにいるから」

彼の体温が乗り移る前に、わたしはするりと彼の腕から抜け出した。

「やり直せるといいね。彼女と」

「うん。もう一度だけ、話し合ってみる。彼女が会ってくれればだけど」

「がんばって」

それからさよならを言って、彼の家を出て行った。

外に出ると、すでに蟬《せみ》が鳴きはじめていた。

新しい夏の太陽が、今日も世界を照らすために、ゆっくりとその凶暴な爪を研ぎはじめたところだった。

花伽藍（はながらん）

その日、会社から家に帰ると、泥棒が糠床《ぬかどこ》をかきまわしていた。

電気がついていたので妙だとは思ったが、このところボーッとしていることが多く、朝出がけに消し忘れたのかもしれないという気もして、半信半疑でバッグからキイホルダーを取り出し、鍵穴に差し込もうとした瞬間、何とも言えないイヤーな予感が体を走った。中に誰かいる。間違いなく人のいる気配がする。

このまま警察に駆け込むべきか、わたしは一瞬、躊躇した。だが結局のところキイを鍵穴に入れてしまったのは、中の気配から凶悪な雰囲気が漂ってこないからだった。誰かがドアの後ろで包丁を握りしめて息を殺しているとか、空き巣に部屋じゅうを引っかきまわされて衣服が散乱しているとかいった光景はまったく浮かびもしなかった。なぜなら、かすかにテレビの音がして、中にいる人物が呑気そうに鼻歌を歌っているのが聞こえてきたからだ。血を見ることはないだろうという不思議な安心感のなかでわたしは思いきってドアを開けた。

「おかえりー」

にっこり笑ってこちらを振り向いた泥棒の顔には見覚えがあった。その顔を見るのも、おっとりとした関西弁のアクセントを聞くのも五年ぶりだったが、まるで今朝別れたばかりのような自然さで泥棒はわたしにおかえりと言った。それはこの五年間、誰からも言われたことのない言葉だった。その男が無断でわたしの部屋にいることの驚きより、思いもかけない言葉に不意打ちを食らって、怒りよりも先に無防備な懐かしさがこみあげてきた。

「相変わらず遅いなあ。メシは食ったんか？」

わたしの目は反射的に、男が今まさにしている行為に引きつけられた。シャツの腕をまくり、丁寧に丁寧に、土を捏《こ》ねるように糠をゆっくりとかきまぜている。すると懐かしさは急速に薄れ、ようやく正当な怒りが取って代わった。

「何してるの泥棒！　警察呼ぶわよ」

「かつての亭主に向かって、人聞きの悪いことを」

怒鳴りつけたつもりだったが、ヒロシは意に介さずのんびりと言った。うっかりしているとこの男のペースに巻き込まれてしまう。わたしは語気をゆるめないように詰問《きつもん》口調で対峙《たいじ》した。

「一体、どうやって入ったの？」

「隣の大家さんに入れてもらったんや。あのおばちゃん、ぼくのこと覚えててくれたよ」

ヒロシはけろりとして言った。わたしは開いた口が塞《ふさ》がらなかった。

「よくもぬけぬけと……」

「付け届けはしとくもんやなあ。阪急の包み差し出したら、すぐに思い出してくれたわ」

「信じられない。いくらモノで釣られたからって、かりにも別れた亭主をわたしに無断で部屋に入れるなんて」

「あの大家に長年のあいだ、お中元とお歳暮を贈り続けた甲斐があったというもんや。それだけやなしに、ぼくの人望もあるやろけどな。公子《きみこ》さんとまた復縁することになりましたと言うたら、えらい喜んでくれはった」

「とんでもないこと言わないでよ！　復縁って何よ！」

「まあまあ、嘘も方便や。そうやって人をゴキブリみたいに見るなよ」

久しぶりに大きな声を出したら、どっと疲れが出た。そして一気に力が抜けた。

「コーコちゃん、またここに住んでたんやね。それにしても昔とおんなじ部屋が、よう空いとったね」

「その呼び方、やめて」

公子《きみこ》と呼ばずにわざとコーコと呼ぶのは、わたしたちがじゃれあうときの習わしだった。今さらこの男にそんな呼ばれ方をされたくはない。

「大体、わたしがここに住んでるってなんでわかったのよ」

「勘や。ここの大家があんたの親戚やったこと思い出してな。ひょっとしてまた舞い戻ってるんやないかと思たんや」

確かにヒロシには昔から、動物的に勘の鋭いところがあった。大家である叔父夫婦は離婚して東京に戻ってきたわたしを気の毒がり、たまたま空いていたこの部屋を以前と同じ家賃で破格に安く貸してくれた。結婚前に住んでいたのとまったく同じ二階の角部屋である。交通は不便だが、日当たりだけはすばらしくよかった。独身時代、ヒロシは休みごとに泊まりに来て、朝早くからせっせと布団を干していた。休みの日くらい昼まで寝てればいいのに、と言うと、コーコちゃんがふかふかの布団で眠れるように、と言うのだった。彼の干してくれたふかふかの布団にくるまっているうちに、彼自身のことまでも、たっぷりとおひさまに干された布団のようなひとなのだと思い込んでしまった。その頃、いろいろなことに疲れていたわたしは彼の大きな腕に丸ごとくるみこまれてみたくなって、結婚を決めてこの部屋を出たのだった。

ヒロシは確かにやさしい男だった。まめで、繊細で、女の気持ちがよくわかり、わたしを気持ちよくくるんでくれる大きな腕をもっていた。しかし、やさしさと脆《もろ》さがときに同義語であるということを、頃合いを過ぎて長く干され過ぎた布団が湿気を含んで不快なものになることを、わたしは彼との三年間に及ぶ短い結婚生活のあいだに思い知らされることになった。

「わざわざわたしの居所を探して訪ねてくるなんて、どうしたの？　何かあったの？」

「急にあんたの顔が見とうなったんや。別れた女房の顔見に来るのに、理由なんかあらへん」

「あるでしょ。何か企《たくら》んでるから来たんでしょ」

「まあ、座れよ。お茶いれるわ。いや、ビールのほうがええな。切らしとったから、買っといた。角の酒屋、まだあったんやね。おやじハゲとったけど、変わってないわ」

冷蔵庫からビールとつまみを出してきては嬉々《きき》として食卓に並べるかつての夫の姿を、わたしはめまいを覚えながらぼんやりと眺めていた。悪い夢を見ているような気がしたが、あまりにもひとりきりの食卓に慣れすぎてしまったわたしには、悪夢であったとしてもこの事態を珍しがって、どう転んでいくのか客観的に見てやろうという気分がなくもなかった。そんなにも自分が乾いていたことに、わたしはそのときまで気がついてさえいなかった。

「この糠床、オフクロのやろ。まだ使ってくれてたなんて、うれしいわ」

ヒロシは本当にうれしそうに言った。離婚して家を出るとき、わたしの荷物をあとから送ってもらったのだが、誰が詰めたのか、段ボールの中に糠床の入った甕《かめ》がまじっていたのである。姑《しゅうとめ》のぬかづけは絶品で、とても真似のできるものではなかった。糠床をおすそわけしてもらって、わたしは毎日漬けていたものだった。

「ちょっとカビが生《は》えとったから、手入れしといたよ。仕事忙しいかもしれんけど、毎日かきまわしてやらんとな」

「あ、ありがとう」

思わず礼を述べてから、すでに彼のペースに巻き込まれていることに気づいて、たちまち後悔した。

テーブルには焼き茄子、筍の土佐煮、菜の花のごま油炒めが並んでいる。料理好きのヒロシがわたしの帰りを待つあいだに手早くこしらえたに違いない。それを見てわたしは、ああ春なのだ、と思った。こんなときに季節感を感じさせられるなんて、おかしなものだと思っていた。

「おいしそうね」

「どうせまたコンビニ弁当ばっか食うてんのやろ。人間、旬のものを食わなあかんで」

勧められるままにグラス一杯のビールを飲み干すと、急激におなかが空いてきた。つい箸をのばしてひとくち食べてしまった。

「どないや、うまいやろ？」

「懐かしい。ヒロシの味がする」

料理を褒められると一番うれしそうな顔をするところは、昔も今も変わらない。

ヒロシの料理は短時間でさっと作る大雑把な男の料理なのだが、わたしが下手に時間をかけてこしらえたものよりもおいしいのが癪《しゃく》にさわるところだった。たとえば彼の焼き茄子は、グリルや網を使わずに直《じか》にガスの火の上に茄子をのっけて豪快に焼き、アチチアチチと言いながら皮を剝き、適当に包丁を入れて、生姜醬油をたらし、最後に花かつおをドバッとふりかけるという、所要時間およそ五分の簡単スピード料理なのだが、これがうまい。皮がところどころ剝ききれずに残っていても気にならないくらいうまい。菜の花もただごま油でジャッと炒めて塩・胡椒《こしょう》し、酒をふりかけるだけの、三分もかからないシンプルな調理法なのに、これをあたたかいごはんの上にのっけて食べると毎日でも飽きない。

「あのな、コーコちゃん」

ビールを注いでくれながら、ヒロシが媚びるような声を出した。しまった、と思ったときにはもう遅かった。わたしはすでにこの男につけ入られてしまっていた。

「二、三日、置いてくれへんか」

わたしは箸をとめてヒロシの顔を見た。

「やっぱり。何か魂胆があると思った」

「たちの悪い借金取りに追われてるんや。つかまったら命取られるかもしれん。たのむわ。メシも作るし、洗濯もするから。一晩だけでもええわ。明日の朝出てくから。な？」

わたしは箸をおいて大きなため息をひとつついた。

「たとえどんな理由でも、そんなことできるわけないでしょ」

「なんでや？」

「だってわたしたち、五年も前に別れたんだよ。もうとっくに赤の他人なんだよ」

「そんなこと言うなよ。嫌いで別れたわけやない」

「よくもそんなことを。ほかに女つくって家に寄りつかなくなったのは誰なのよ？」

「すまん、勘忍やッ！」

ヒロシはいきなり土下座してみせた。あのときと同じだ。こういうことが平気でできる男だった。千円札一枚分くらいのプライドしか持ち合わせていない男だった。クラゲのようにくねくねと漂う、骨も身もない男だった。

土下座されて上から見下ろすと、ヒロシの髪の毛が薄くなり、腹が出てきているのがよくわかった。この男も四十歳になったのだ、とわたしはあらためて八年という年月を思い、「そんなヒロシに騙《だま》されて」というサザンの歌をカラオケのオハコにしていた孤独な五年間を思った。「ろくでなし」というシャンソンもずいぶん歌ってみたものだったが、歌えば歌うほどヒロシが憎みきれないろくでなしになっていくところが、この男のもっとも罪深い資質なのだった。

「あんたと別れてからすぐ、あの女とも切れたわ。それ以来、女っ気なしや。ほんまやで。これだけは信じてな」

「そんなこと、どうでもいい。聞きたくないわ」

「聞いてくれよ。ほんまにいろんなことがあったんや。今にして思えばあんたと別れたことが運のつきや。オフクロが急に倒れてな。ちょうど二年前の今頃やったかなあ。坂道を転げ落ちるようやった」

「おかあさん……亡くなったの？」

「うん、死んだわ。あっけないもんやった」

　折りあいの悪い姑だったが、亡くなったと聞かされるとさすがにショックだった。

「どうして知らせてくれなかったの？」

「勘忍な。あんたに合わせる顔がなかったんや。それにあのときは家の中メチャクチャやった。店、つぶれてしもうたし。親戚じゅうに借金まみれやったし」

　わたしはヒロシの実家の小さな輸入雑貨店を思い出していた。神戸で外国航路の船乗りをしていた舅《しゅうと》が、船を降りてから趣味と実益を兼ねてはじめたその店は、折からの雑貨ブームに乗ってよく繁盛していたものだった。

「そう……あのお店、つぶれちゃったんだ」

「ぼくは親父と違って商売の才覚なんかあらへんからな」

「いいお店だったのにね」

「ぼくな、今頼れるの、コーコちゃんしかおらへんのや。こんなこと言える筋合いやないのはようわかってるけど、ほんまに我ながら情けないとは思うけど、友達にも親戚にも愛想尽かされてな、どんづまりのこんなときにあんたの顔しか浮かばんかった。ほんまにええ女やったなあ、コーコを手放したことは一生の不覚やったなあ。この五年間、なんべん後悔したかわからへん。親父もあんたに出て行かれてから、ぼくのことゆるさへん。バカ息子、ドラ息子て罵《のの》り続けてな。あんなふうになったのも、オフクロのこともあるやろうけど、ぼくのせいもあるかもしれん」

気がつくと、ヒロシは涙を流していた。五年前に土下座したときにはなかった光景だった。そんな涙は見たくない。懺悔の言葉など聞きたくない。だがかつての夫の涙よりも、かつての舅の話題がわたしの胸に小さくひっかかった。

「あんなふう、って?」

「親父な、アルツハイマーや。すっかりぼけてしまってな。別人みたいやで」

そのとき、わたしは胸の奥にかるい衝撃を受けた。

衝撃はさざなみとなって体じゅうにひろがっていった。

もう関係ないはずの人間なのに、自分でもなぜこんなに打ちのめされるのかがわからなかった。

結局、わたしはヒロシを追い出すことができず、一晩だけという約束で泊めることにした。その夜はもう神戸の話はしなかった。ヒロシがテレビでサッカーの試合を見はじめたので、わたしもほっとしてビールを飲みながら一緒に見た。選手のプレイをけなしたり褒めたり、始終ぶつぶつ言いながら観戦するのは昔のままだ。

ハーフタイムになるとヒロシは洗い物をしながら前半の試合についてのコメントを述べはじめた。ほかの話題に移らないように細心の注意を払っているみたいだった。後半がはじまると延長戦になってくれないかとわたしも彼も願っていることがよくわかった。でもあっさりと日本チームは負け、いつもよりゆっくりめに風呂に入って出てくると、ヒロシはソファにまるまってすでに寝息を立てていた。

疲れきった中年男としてわたしの前にあらわれ、精も根も尽き果てて涎《よだれ》を垂らして眠りこけているヒロシの寝顔を眺めていると、現実に過ぎていった五年間のほうこそ幻で、この男と一緒に年を取っていったかもしれない仮定の人生が説得力をもって浮かび上がってくる。酔いつぶれて寝入ってしまった夫に当たり前のように毛布をかけてやる局面など、いくらでもあったに違いない。その場にわたしたちの子供はいただろうか、とふと思い、やはりいなかっただろう、と首をふる。今は他人となった男に毛布をかけてやりながら、わたしはそんなことを考えていた。

かつてのお洒落な色男からは、想像もつかない落ちぶれようだった。決して安物の服は着ない男だったのに、そのへんのスーパーで買ったようなシャツを着て、しかもシャツにはアイロンもかかっていなかった。ボタンがひとつ取れたままで、袖口と襟首のところが宿命的に垢じみていた。膝のぬけたズボンを穿《は》いて、穴のあいた黒い靴下には無数の毛玉が貧乏神のようにびっしりとくっついていた。

いつもアラミスをふりかけていた男は、今では汗とフケとポマードの匂いを漂わせていた。数十万円もする高級時計のコレクションは売り払ってしまったのか、その腕には時計さえなく、爪の中は真っ黒に汚れていた。女のようだった美しい手は黒ずんでひび割れ、しみだらけになっていた。

ヒロシは、あかんたれのボンボンだった。センスのよいものに囲まれておっとりと育ち、父親の店を継ぐまで好きなことをしていればよかった。絵をかいたり、チェロを弾いたり、女と遊んだりしながら、時々父親のお供でヨーロッパやアジア各地へ商品の買い付けに行くだけでよかった。買い付けの実務は彼が覚えなくても従業員がすべて取りしきってくれた。ヒロシは何もしなかった。ヨーロッパへ行けばオペラかサッカーを見て、アジアへ行けば女を買った。若いうちは遊んでおけというのが彼の父親のモットーだった。

父親はヒロシによく似ていた。お洒落で、遊び人で、おっとりしていた。資産家の家に生まれながら船乗りになった変わり者で、彼自身あかんたれではなかったが、ボンボンだった。しかし彼には商売の素質があった。船の上で揉まれ、異国で目を開かれていくうちに、彼は天職を見つけたのだった。

彼はあくせく働いてがつがつ稼ぐ気は毛頭なかった。従業員もひとりしか雇わず、店舗を拡張する気もなかった。一家が人並みに暮らしてゆけるぶんだけ稼げればそれでよかった。子孫に財産を遺すことにはいささかの関心もないひとだった。親から譲り受けた財産は、若い頃からのアンティーク道楽であっさり蕩尽《とうじん》してしまった。

ヒロシは東京の大学に七年かよい、卒業しても就職せずに、時々神戸に帰って父親の店を手伝ったりしながら三十になるまでぶらぶらしていた。従業員が独立して、彼は神戸に呼び戻された。母親に泣きつかれ、父親に引退を表明されて、彼は正式に店を継ぐことになった。父親のやり方では時代に取り残されると感じたヒロシは、仕入れと販売のノウハウを学ぶため、東京の大手雑貨チェーン店で修業を積むことになり、わたしの勤める渋谷店にやって来たのだ。

ヒロシはドジで、遅刻の常習犯で、仕事の覚えも悪かったが、なぜか憎めない男だった。わたしが面倒を見て仕事を覚えさせる立場だったので、ヒロシはわたしに一番懐き、いつもくっついて歩いていた。仕事が終わったあとも一緒に飲みに行きたがり、休みの日でも一緒に遊びたがった。

「ぼく、東京はようわからへんのです。いろいろ教えてくださいよう」

という言葉を信じたお人よしのわたしは、毎晩のようにヒロシを連れて繁華街を飲み歩いた。よく食べてよく酒を飲む大きな男と一緒にいると、気持ちがゆったりとしてきてくつろげるのだった。甘え方の上手い男だ、と思ったときにはすでに彼のペースにひきずりこまれていた。

「ぼくね、いずれは実家の店を継がなあかんのです」

と打ち明けられたのは、ヒロシが入ってきて半年ほど過ぎた頃だったろうか。その日、ヒロシは仕事で大きなミスをしでかし、店長にこっぴどく叱られてヤケ酒を飲んでいた。

「親父が趣味でやってるような小さな店ですけどね、贔屓《ひいき》にしてくれるお客さんが阪神間には結構おるんですわ」

「ふうん。それなら、しっかり仕事覚えないとね」

「でも、ぼく、こんなんでしょ。公子さんが一緒に店手伝ってくれたら、親父もオフクロも安心するやろなあ」

「ヒロシくん、それ、プロポーズのつもり？」

だとしたらずいぶん古典的な言い方をするものだ、と思いながら、わたしはつぶれそうな彼のために冷たい水を頼んでやった。

「ええ、そうですよう、いけませんかあ」

「わたし、きみより五つ年上よ」

「関係ないでしょ。うちのオフクロも親父より三つ年上や」

「関西弁もしゃべれないし」

「そんなん、すぐ慣れますって。うちのオフクロも関東の人間やったんですけど、今じゃペラペラですわ」

「うどんより、そばが好きなの」

「ぼくもや。うちはみんなそうや」

「とにかく、いきなりそんなこと言われたって困るわよ」

「なんでですか？　ぼくのこと嫌いですか？」

嫌いではなかった。ヒロシはわたしのなかではすでにほっとけないヤツになっていた。しかし、そのときのわたしは深刻な失恋の傷をひきずっていて、誰かともう一度恋愛関係になることなど考えられないことだった。

「ぼくは公子さんが好きや。こんな気持ちは初めてなんや。何をやっても半人前で、ちゃらんぽらんに生きてきて、女にも不自由したことあらへんけど、そんな自分が恥ずかしいわ。公子さんと釣り合う男になりたいって、生まれて初めて思いました。このひとと一緒やったら、まっとうな道を歩いていける。このひとと一緒にがんばりたいって、心底から思ったんです」

ヒロシの真剣な目を、おそらくわたしは初めて見た。それはいつもの子犬のようにじゃれついてくる愛くるしい目ではなく、オスがメスを求める狩猟の目だった。弱いところを隠さずにさらけ出しながらもフェロモンを発する男には、母性本能がかきたてられる。

わたしはヒロシにいとおしさを感じた。この男とつきあえば楽になれるかもしれないと思った。一年近くもひきずっている失恋地獄を、この弱くて正直な男なら癒してくれるかもしれないと思った。もう二度とあんなふうに、死ぬほど誰かを好きになるのはごめんだった。ふられて廃人になるような恋をするくらいなら、一生孤独のままで、誰も求めず誰も愛さずに、年を取っていくほうがいいと思っていた。

この男となら、命を縮めるような恋をしないですむだろう。感情を酷使することなく、やすらかな日常生活を送れるだろう。だめな男と一緒にいると、ほっとする。緊張したり背伸びしたりする必要がない。安心してありのままの自分をさらけ出せる。だめな男と一緒に眠れば、ゆるゆると解き放たれて、果てしなく深く眠りこけることができそうだ。

わたしはそう思ってヒロシと寝てみた。意外にもヒロシはセックスが上手だったが、それはわたしにとってたいした問題ではなかった。わたしは男性とのセックスがそれほど好きではないからだ。

「セックスのあとで、してもらってうれしいこと、何かある？」

と、ヒロシは直後にきいた。わたしの体を丁寧に拭いたあとで、いとおしそうに抱きしめながら。ホストのように礼儀正しく、少年のように初々しかった。わたしは少し考えて、こう言った。

「朝まで一緒に寝てほしい」

「そしたら、腕枕したげよか？」

「ううん、腕枕は肩が凝るから嫌いなの」

「じゃあ、子守唄でも歌いましょか？」

「うるさくて眠れないわ」

「そや、寝つくまでマッサージしたる。一日中立ちっぱなしで、足疲れたやろ」

「いいから。何もしないで」

「ただ隣で寝るだけでええの？」

「できれば鼾《いびき》をかいてほしい」

「えぇーっ、何やそれ」

「安心するから」

「どやろ、意識してできることやないからなあ」

でも、電気を消して五分もしないうちに、豪快な鼾が聞こえてきた。冬眠中のクマが規則的に発する地鳴りのような、由緒正しい鼾だった。わたしはヒロシが気に入った。


もちろん最初から結婚を考えていたわけではない。わたしは誰とも結婚するつもりはなかったし、結婚などできないと思っていた。ヒロシに執拗にプロポーズされても、わたしは執拗に断り続けた。それでもこの男は決して最後まであきらめなかった。結局はヒロシの粘り勝ちのような形で陥落させられたのだが、わたしがそれほどまでに結婚をいやがっていたのは、誰かと家庭をつくるのがこわかったからだ。

わたしの母はわたしが小学二年生のときに男をつくって家を出て行き、わたしの父はわたしが小学四年生のときに再婚した。そのとき母はわたしを引き取ることを拒否したので、わたしは化粧が濃くて料理の下手な継母《ままはは》と、その若いからだに溺れる情けない父と三人で暮らさなければならなかった。

　継母がわたしをいじめたわけではないのだが、家じゅうにたちこめる性的な気配──黒いブラジャー、きつい香水の匂い、下品なペディキュア、両親の寝室から夜毎《よごと》漏れてくる奇妙な声──に、わたしは耐えられなくなった。週末ごとに祖母の家に家出を繰り返すわたしを見かねて、祖母がわたしを引き取ってくれた。父はほっとしたような顔をしていた。

　それ以来、両親とは疎遠なままだ。父も母もそれぞれに新しい家族をつくって、幸せに暮らしているらしい。わたしは両親を完全に抹殺することにした。やさしい祖母がいなかったなら、文字通りこの手に金属バットを握って、あの薄汚いふたりを殴り殺していたかもしれない。実際わたしは、夜寝る前に布団の中で何度も何度も、父と母を殺すリアルなイメージを反復したものだった。刺し殺す、絞め殺す、屋上から突き落とす、毒をのませる、灯油をかけて焼き殺す。メニューは日替わりで変わり、わたしは自分が逮捕されたときの新聞記事まで思い描くことができた。

「なぜ公子ちゃんはおばあちゃんと暮らしているの？」

　と学校の先生や友達にきかれるたびに、わたしはいつもこう答えた。

「パパもママも、交通事故で死んじゃったから」

保護者欄には、祖母の名を書いた。保護者の職業欄に無職と書くのはさすがに恥ずかしかったが、父の名で会社役員と書くよりはましだった。授業参観にも三者面談にも運動会にも卒業式にも、祖母が来てくれた。

高校に入って祖母が亡くなると、わたしに親はいなくなった。イメージのなかで抹殺すべき親の存在も、同時になくなった。

それからずっと、ひとりで生きてきた。祖母の家は伯父が相続してしまったので、高校を出ると専門学校の寮に入った。卒業すれば出なくてはならず、わたしは不動産屋に出向いて、アパートを借りたいと言った。だが親のいないわたしには保証人もいないのだった。困り果てて、金輪際頼るまいと思っていた父方の親戚《しんせき》の不動産屋に頭を下げた。

親がいなければ肩身が狭いのが日本社会だ。わたしはそれを子供の頃から骨身にしみて知っている。男の人とつきあって、結婚を申し込まれたこともある。でもその男は不動産屋と同じことをきいた。

「お父さんはどんなお仕事してるの?」

関係ないじゃないか、とわたしは思った。あなたは父と結婚するのか、と言いたかったが、わたしは何も理由を言わずに結婚を断り、彼のもとを去った。その男は同じ職場の人だったので、わたしは転職をしなくてはならなかった。

次の会社でも、男がわたしに近づいてきて、三度寝ただけで結婚しようと言った。

「ご両親にご挨拶したいんだけど」

「親はいないの。交通事故で死んだの」

「えっ、そうだったの。それはさぞつらかったろうね。せめて墓参りをさせてくれないか」

「お墓なんかないわ」

それから、男はわたしを避けはじめた。わたしはまた転職した。

三度目の会社で出会った男とは、一番長く続いた。その男は妻子もちだったために、結婚という言葉が出る心配はなかったのである。彼はわたしの家族のことについて、何も質問しなかった。それはおそらく、わたしにも彼の家族のことについて何も質問してほしくなかったからだろう。わたしにとっては理想的な関係といってよかった。

わたしたちはほとんど仕事の話しかしなかった。彼は仕事の虫だったし、わたしも仕事がおもしろくなってきた時期だった。わたしたちは雑貨のことでいつも頭がいっぱいだった。わたしたちのするデートといえば、次々とできてゆくトレンドスポットに足を運び、そこで扱われている雑貨をなめるように見て回ることだった。毎週のように新しい店ができ、力のない店はあっけなくつぶれていった。そのスピードはおそるべきもので、この不確かな世界はすみずみまで雑貨で満ちあふれているのだった。

ワーカホリックで食通の彼は、仕事の話をしていないときは食べ物の話をしていた。彼がこの世でもっとも嫌悪していたのは、ダサくて味のわからない連中だった。わたしは毎日の服をえらぶのに一日も気が抜けなくなった。彼の奥さんはさぞかし大変だろうと思った。

ひとつ間違えば鼻持ちならない嫌味な男だったが、つねに堂々としていていついかなるときにも自信満々だったので、長く彼と接していると気にならなくなってきた。毒舌家だが、そのかわり褒めるときは底なしだった。彼のことを煙たがる部下も大勢いたが、慕っている部下も少なくなかった。

セックスはどちらかといえば淡白なほうだったと思う。セックスは彼のなかでは、仕事、美食に次いで三番目くらいの位置しか占めていなかったのだ。いや、もしかしたら四番目だったかもしれない。口に出しては言わなかったけれど、三番目はおそらく子供だったのではないだろうか。

「公子はおれともっとエッチしたいか？」

一ヶ月ぶりくらいにセックスしたあとで、珍しくきかれたことがある。

「ううん、これくらいでいい」

「本当に？」

「セックスなんて、別に無理してしなくてもいいのよ。わたしもあまり好きじゃないから」

「欲求不満にならないのか？」

「そういう女もいるみたいだけど、わたしは違うの。全然なくなっちゃったらちょっと寂しいかもしれないけど、たまに抱いてくれればそれで充分よ」

「本当に好きになった女とは一緒に暮らすなんてもってのほかだし、あまり頻繁に寝ないほうがいいと思うんだ。体が馴染《なじ》めば馴染むほど、何かが擦り減っていくんだよ」

これまで、体めあての男たちとばかりつきあってきたわたしには、彼のような男は初めてだった。すべてにおいて大人の男の余裕といったものが感じられた。自分の取り柄は体だけなのかもしれないと思い込んでいた女にとって、そうではないのだと、ほかにも男性をひきつける魅力があるのだとわからせてくれた彼にひかれてゆくのは自然の成り行きだったろう。

「おまえがいつか他の男と結婚しても、おれたちの関係は変わらない。ずっと一緒に仕事して、うまいもの食って、おれのそばを離れないでくれ」

「わたしに結婚願望がないこと、知ってるでしょ」

「それはまったく正しいよ。結婚なんて、何の意味もない。人間はみんなひとりだ。孤独に耐えられない人間は何をやってもダメだ」

「じゃあ、どうして離婚しないの？」

離婚を望んでいると取られないように注意しながら、そう言った。げんにわたしはこれっぽっちもそんなことを望んだことはない。

「もう遅い。この年になるとさ、孤独と自由は金を払って買うものなんだ。とくに孤独には莫大《ばくだい》な金がかかる。世の中にはもっと有意義な金の使い方がいくらでもある」

わたしはこの男のどこがそんなに好きだったのだろう。あまりにも隙のない身のこなしに時々くたびれてしまうこともあったけれど、彼と一緒にいると自分の中身まで豊かになるような気がした。自信にあふれて威風堂々とした彼を見ていると、ほんのちょっぴり自分にも自信がもてるような気がした。彼は前向きに戦闘的に生きていて、その姿は闘うすべをもたないわたしに闘魂の美しさを教えてくれた。

彼との恋愛が終わったのは、彼がロンドン支店に赴任することになったときだった。ゆくゆくは社長候補と目されている彼がヨーロッパの店舗で店長を数年務めるのは、コースとしてはじめからわかっていたことではあった。わたしにとってショックだったのは、彼が妻子を伴って行くという事実だった。

「仕方ないだろう。パーティで夫人同伴が常識の国なんだ。単身というわけにはいかないよ。ロンドンのあとは、たぶんパリかミラノへ行くことになる。少なくとも五年間は日本へ帰れそうもないな。無理にとは言わないが、待っていてくれたらとてもうれしい。名字が変わっていてもいいよ」

「わたしが他の男と寝ても平気なの？」

「おれだって女房と寝ている。それを責める資格はない」

そのときわたしたちは青山の、ちょっと特別なときに行くイタリアンレストランで食事中で、ちょうどメインの肉料理が運ばれてきたところだった。わたしはその皿をしばらく眺め、深い息を吐いてから、ようやくナイフとフォークを手に取った。でも手がどうしてもふるえるので、わたしは肉を切るのをあきらめた。目の前の肉が冷えていくのを、わたしは無言で眺めていた。

「食べないのか？　冷めるぞ」

男は平然と肉を切り分け、旺盛な食欲でばりばり食べた。ワインとパンと肉と付け合せの野菜とをバランスよく口に運び、きっとあの惚れ惚れするような姿勢のよさで颯爽と食事をしているのだ。いつもどこかで誰かに見られていることを意識している男だった。レストランでは給仕の者に、会社では部下の女の子たちに、家庭では妻と子供たちに。

「今日の鴨は最高だ。口をつけないとシェフに失礼だよ」

「わたしに失礼だとは思わないの？　平気でそんなことを言って」

「わかってると思っていた。すまなかった。でも女房とは義務で寝てるんだ。そんなのはただの会話に過ぎないんだ。公子を抱くのとはわけが違う」

「奥さんとも、月に一回なの？　それとも、週に一回？　年に一回？　正直に答えてよ！」

「週に一回だ。他にききたいことは？」

「ちゃんと避妊してるの？」

「するときもあるし、しないときもある。女房はゴムがきらいなんだ」

「子供は何人なの?」

「三人いる。中二、小五、小三だ。上の二人が男の子で、一番下が女の子だ」

 ああ別れるつもりなのだ。この男ははじめから別れるつもりでこの店に来たのだ。奥さんとも寝ていることくらい、もちろんうすうすは知っていた。そんな憎まれ口をたたかなければ、わたしと別れられないと思っているのだろうか。お望みならいつでも別れてあげるのに。理由なんかなしに黙って別れてあげるのに。

「他に質問は?」

「わたしのどこが好きだったの?」

彼は少し考えて、あるいは考えるふりをして、

「離婚を迫らないところかな」

と言った。決して悪びれず、卑屈にならないところにわたしは惚れていたのだし、今ここでわたしが取り乱す筋合いのものではないだろう。まさに捨てられようとしているというのに、こんなときでも自分の姿が彼の目に不様に映らないか、気にかける余裕がわたしにはあった。いや、余裕ではない。女の意地というべきか。

「おまえはまれに見る無欲な女だったな。おれのもっているものを何ひとつ欲しがらなかった。セックスさえしたがらなかった。おまえはおれの一番かわいい部下で、本当に大切に思っていたよ。でもな、無欲な女っておれにはよくわからなくて、不安になるんだ。女

房みたいにおれの体や金を際限もなく欲しがる女のほうが、結局は安心してそばにいられる。これで説明になっているかな？」

彼はやさしい顔をして微笑んだ。わたしもなけなしの微笑をかき集めて返さなければならないと思った。海外転勤を機にわたしとの関係を清算したくなったからといって、そんなことを責めたてる権利はわたしにはないし、また恨むつもりもなかった。何となくほっとしたような気さえした。

「ありがとう。とてもわかりやすい説明だったわ」

「結婚して、一生守ってくれる男を見つけろよ。公子はいい女なんだから、きっと幸せな結婚生活が送れると思うよ」

「結婚なんて無意味なんじゃなかったの？」

「それは人それぞれだ。おれには向いてないってだけのことさ」

結局、わたしは最後まで顔を上げることができず、冷えた鴨肉を眺め続けた。彼がウェイターを呼んで皿を下げさせると、わたしは自分が未練にも泣き出してしまわないうちに席を立って、外に出た。彼は追いかけてはこなかった。おそらく同じ姿勢のまま、優雅にデザートとエスプレッソのダブルを味わったに違いなかった。

彼はロンドンへ赴任していったが、やはりわたしは会社をやめた。それから半年ばかり何もせずに酒ばかり飲んで暮らした。雇用保険がおりたし、貯金もそこそこ貯まっていた。月に一度、雇用保険の手続きに職安へ出向く以外は電車にも乗らず、近所の酒屋とコンビニへ行くことだけがほとんど唯一の外出になった。

朝にはビール、昼にはバーボンソーダ、夜にはワインを飲みながら、彼のことを考えた。別れてからはじめて、自分が彼をどれほど頼りにしていたかを思い知らされた。彼がいなければレストランでワインを選ぶこともできない。タクシーをつかまえることもできない。一日のスケジュールを組み立てることもできない。彼に与えられた多くのものをひとつずつ思い返しながら、わたしはじわじわと壊れていった。自殺しようとは思わなかったが、このまま衰弱して死ねたらいいと思った。家じゅうの時計をロンドン時間に合わせ、そのサイクルで寝たり起きたりした。

それでもときたま安息が訪れた。わたしは彼のようになりたかっただけだ。いつでも胸をはって、背筋をのばして歩く、強いひとになりたかった。でもそんなことは不可能だ。あんなふうに生きたいという強迫観念から解放されて、わたしはどこかでほっとしていた。自分のお里は知れている。あんなご立派な男といたら息が詰まる。白いテーブルクロスのかかったレストランでトリュフやフォアグラに舌鼓《したつづみ》を打つよりも、台所の暗がりでお茶漬けを啜っているほうが本当は好きなのだ。

そしてセックスのことを、自分がなぜそれを楽しめないかを、何度も何度も考えた。彼が妻を週に一度抱いていたのに、わたしのことは月に一度しか抱いてくれなかったのはなぜなのかを繰り返し繰り返し考えた。考えれば考えるほど酒量が増えた。わたしはどちらかといえばセックスよりも酒のほうが好きみたいだった。

飲み過ぎて体を壊し、しばらく静養して、わたしはまた仕事を探すことにした。貯金も心もとなくなってきていたし、忙しく立ち働いているほうが気がまぎれるからだ。渋谷の職安に行った帰りに立ち寄った新しい雑貨屋で、わたしは久しぶりに高揚感を覚えていた。とても感じのいい店で、職業的アンテナがぴくぴくと動きっぱなしだった。ここはいい、すごくいい、絶対に伸びる。わたしはほとんど泣きそうになった。そのとき、レジの脇に貼ってある求人広告が目にとまったのだった。

履歴書を書き、面接に通り、わたしは再び雑貨業界に就職した。彼に教わったすべてのことが血になり骨になっていることを思い知らされる日々だった。今度は働き過ぎで体を壊しそうになった。それでも彼のことを忘れることはできなかった。

そんなときに、ヒロシがわたしの前にあらわれたのである。吉本新喜劇のようににぎやかにわたしを笑わせ、松竹新喜劇のようにペーソスを滲ませてわたしの母性本能をかきたててくれたのである。まさかこの男と夫婦善哉を演じることになろうとは、ゆめにも思っていなかった。関西弁でプロポーズされる日がこようとは、子供の頃には想像だにしなかったことだ。

関西弁とは不思議な言葉だった。それはわたしにとっては、たとえばギリシャ訛《なま》りのつよい南イタリアあたりの強烈な外国語のようだった。言葉が現実味をもたず、何を言われても冗談を言われているような気がした。そしてヒロシという男は、存在自体が吉本新喜劇のように軽薄で浮ついたところのあるラテン系のやさおとこなのだった。

「おかえりー。今日はな、魚政《うおまさ》でええサワラが手に入ったんや。ぷりぷりっとしてうまそうや。照り焼きと塩焼き、どっちがええ？」

次の日会社から帰ると、ヒロシはまだわたしの部屋にいた。洗濯物がきちんと畳まれていて、掃除機をかけた形跡もあった。朝は簡単な朝食をつくってわたしを送り出し、洗い物をすませたらすぐに出て行く、と言っていたのに。にこやかにビールのグラスを差し出されて、わたしはつい、照り焼き、と答えてしまう。サワラがわたしの好物だったといつまでも覚えている男を今すぐ叩き出すことなんてできない。

「へい、かしこまりー」

でも本当に抗《あらが》いがたいのは、料理でもビールでもなく、ヒロシのとろけるような満面の笑顔だった。その顔で、関西弁のやさしいイントネーションで、おかえり、と言われることだった。その瞬間、胸の中にポッと灯が燈《とも》る。そしてわたしは思い出す。この男とかつて夫婦として過ごした日々のことを。五年の隔たりをへてなおわたしのなかで満ちあふれる甘酸っぱい気持ちの行き先を。

「昼間は何をしてたの？」

「いろいろとな。コンニャクのピリ辛煮、あんた好きやったな。たくさん食べてや」

「借金取りって、ヤクザのこと？　ここは本当に安全なの？」

「心配いらんて。お浸し、ぼくのぶんも食べてええよ」

「今日会社にね、変な電話がかかってきたの」

「何や」

「わたしのこと、あなたの別れた妻だって知ってたみたい」

「何て言うてきたんや」

「利息分だけでも払ってくれないかって」

「払うことないよ。あんたはもうぼくとは無関係なんやから」

「少しならお金貸したげる。そのあいだに時間稼いで、もっと遠くへ逃げたほうがいいんじゃないの？」

ヒロシは食事の手を止めてため息をついた。

「くっそー、なんでバレたんかな、コーコちゃんの会社」

わたしはバッグから封筒を出してヒロシの前に置いた。

「帰りに銀行でおろしてきたの。とりあえずこれで何とかなる？」

「ええて。居候《いそうろう》させてもらっただけで充分や」

「ここがバレるのも時間の問題だと思うわ。明日、うちの会社にお金取りに来るって言ってたから、そのあいだに逃げて」

「あかん。ぼくが逃げたら、やつらコーコちゃんとこに取り立てに来るよ」

「わたしには支払い義務はないんだから、いやがらせされたら警察に行くわ」

「それでも、ただではすまんと思うわ。ボケた親父まで脅しよるんや」

わたしははっとしてヒロシを見た。きのうから気になって気になってたまらなかったことを、今きかなければずっと後悔するだろうと思った。

「ねえ……おとうさんの面倒は、誰が見てるの?」

「ぼくが見とった。こんなことになるまではな。オムツも替えた。風呂にも入れた。メシも食わせた。週にいっぺんはヘルパーさんが来てくれたけど、あとはぼくがつきっきりや」

それは意外な答えだったが、ヒロシはちゃらんぽらんなわりにおそろしくまめでやさしいところがあるから、なるほどヒロシらしいとわたしは思った。

「でも今は……どうしてるの?」

「ぼくがそばにおられへんから、今はユリちゃんに預かってもらってるんや」

その名前を聞くと、急速に懐かしさがこみあげてきた。

「ユリちゃん……今、日本に帰ってるの?」

「うん」

「懐かしいなあ」

その言葉を、わたしはしんから懐かしそうに呟《つぶや》いたものらしい。ヒロシはちょっと目を細めて、風変わりな姉のことを話すときの、いつもの照れたような困惑したような顔つきになった。ヒロシのこの顔がわたしは好きだった。

「ユリちゃんもな、あんたのこと懐かしがっとった」

「相変わらず、あの髪型なの？」

「あいつは変わらん。四十過ぎても小坊主《こぼうず》みたいや。身内ながらほんまにけったいな女や」

「会いたいなあ。なんかすごく、ユリちゃんに会いたいなあ」

「そんなこと言ってくれるの、あんただけや。あいつ、友達少ないからなあ」

「まだ独りなのかな」

「うん、独りや。たぶん一生、独りやろ」

ヒロシはとてもさびしそうに言った。

ユリちゃんの話をするときのヒロシは、いつも少しだけさびしそうに見えた。

ユリちゃんは、ヒロシの二つ年上の姉である。ザンギリ頭のオカッパで、化粧もせず、いつもかまわないなりをしている。ヒロシが色白のモチ肌なのに、ユリちゃんは驚くほど色が黒い。そしてがりがりに痩せている。ふたりが並んでいると、とても姉弟のようには見えない。難民とブローカーのように見えなくもない。

ユリちゃんには放浪癖があって、いつもラオスだのミャンマーだのモンゴルだのチベットだの、あるいはマリだのザイールだのバングラデシュだの、一般的な旅行好きの日本人が行かないようなところばかりわざわざ選んで旅に出ている。たいていはひとり旅らしい。コンピュータープログラマーの派遣の仕事で旅費を稼いで、ある程度たまるとふらりと旅に出て行く。旅をするために働き、旅費が尽きるとまた日本に帰って次の旅のために働く。

「あれは病気やねえ」

と家族にため息をつかれても平然としている。ユリちゃんは世の中のしがらみとか世間体などという瑣末《さまつ》なものから超然としているようなところがある。船乗りだった父親の血をそっくり受け継いでしまったのかもしれない。

ユリちゃんを見ていると、わたしは夏休みの男の子を連想してしまう。のびやかな四肢、麦藁《むぎわら》帽子、真っ白いランニングシャツ。外から帰ってきてごくごくと喉《のど》を鳴らして飲むカルピス。遊び疲れてする昼寝。そしてユリちゃんの家族（それはかつてわたしの家族でもあったのだが）の存在は、はねのけてもはねのけても腹の上にかかっているタオルケットのようにわたしには見えた。みんながこの一風変わった娘を受け入れ、悪態をつきながらも気にかけている様子が、しみじみと伝わってきたのである。

そしてわたしも、ユリちゃんのことが好きになった。ヒロシの姉だからというのではなく、学生時代のクラスメイトだったとしても、職場の同僚だったとしても、たぶん好きになっていただろう。何となくこの姉弟には、ほっとけないと思わせるようなところがあった。

ユリちゃんは店舗の裏の物置がわりの離れにひとりで住んでいた。一年のうち半分は旅に出ているので、家賃を払ってアパートを借りるのはもったいないというのがその理由だった。旅から帰ってくると、その蜘蛛の巣まみれの離れで土産の煙草《たばこ》をふかしながら、旅の写真を見せてくれるのがいつもの慣例になっていた。その時間は、わたしの一番の楽しみになった。わたしがどんなにヒロシを好きでも、ヒロシの両親がどんなにいい人たちでも、やはり両親との同居には目に見えないストレスが溜まっていたのである。ユリちゃんは小姑《こじゅうと》には違いないのだが、一緒にいてストレスが溜まることなど皆無の人だった。

旅の写真のお披露目会はいつもわたしひとりだけがよばれておこなわれた。

「うちの家族は写真を見る目がないから」

と、ユリちゃんは言っていた。

離れへ遊びに行くと、ユリちゃんは北アフリカのどこかで仕入れてきたという自慢のアラビアコーヒーをふるまってくれた。どろりと濃いアラビアコーヒーを飲みながら、あやしげなパッケージの煙草をふかし、現地の屋台で買ったというカセットテープをBGMに旅の話を聞いていると、自分もユリちゃんと一緒に異国の辺境を旅しているような強烈な錯覚に襲われるのだった。

ユリちゃんと一緒にバスの窓から吹き込んでくる砂埃を浴び、ユリちゃんと一緒に蠅《はえ》を追い払いながら屋台のごはんを食べ、ユリちゃんと一緒にひんやりとしたモスクのタイルに寝そべって束の間の涼を取る。それは不思議な体験だった。ひとり旅をする勇気のないわたしでも、ユリちゃんと一緒ならこわくなかった。そのイメージのなかでは、ユリちゃんはタフな男の子のように、こすっからいカーペット商人からも、性悪なガイドからも、悪徳警官からも、わたしを守ってくれるのだった。

ユリちゃんは旅先からよく絵はがきをくれた。ヒロシあてでも両親あてでもなく、いつもわたしあてにくれた。世間というものから超然としているようでいて、実は長男の嫁というわたしの立場をひそかに思いやってくれていたのかもしれない。わたしの息苦しさをユリちゃんだけは察知して、せめてもの息抜きにと異国の風を送り続けてくれたのかもしれない。

東京で生まれ育った人間が関西へ嫁に行くというのは、それだけで大変なことだった。ヒロシにほだされただけでは、なかなか決心がつかなかっただろう。初めて神戸に連れて行かれて家族に会ったとき、わたしはすっかり自信をなくしていた。おとうさんはそうでもなかったが、おかあさんと一緒に暮らすのは大変そうに思えた。

割烹で会食の最中、ヒロシがスーツに醤油をこぼしたとき、おかあさんは慣れた様子で携帯用のしみぬきをバッグから出し、蚊でも殺すように自然にしみをぬいてみせた。蟹が出てきたときには、自分のよりもまずヒロシの蟹の身をほぐしてやり、食べやすいようにしてやってから、自分の皿に取りかかった。海老しんじょにはさっとレモンを搾ってやり、ミツバの嫌いなヒロシのためにお吸い物のお椀から真っ先にミツバを取り除いてやった。息子のためにかいがいしく世話を焼きながら食べることが、彼女にとっての食事の一部になっているようだった。

おとうさんでさえ、茶碗蒸のギンナンをそっとヒロシの茶碗蒸のなかに譲ってやっていた。ギンナンはヒロシの大好物だった。おかあさんはおとうさんのためには何もしなかった。これが親子というものなのかと、わたしは動物園の檻《おり》から人間の家族連れの姿を眺める孤独なアフリカゾウのような気持ちになっていった。

その様子を見ていると、わたしがこの家に入りこめる余地などないように思えてくるのだった。

やはり断ろう、どんなにヒロシに泣きつかれても断固として断ろう。そう決心したとき、インドの民族衣装を着た年齢不詳の女が、ばたばたとわたしたちの席に駆け込んできたのである。

「遅れてごめんなさい」

「何や、その格好は。一枚くらいまともな服はないのんか」

「こんにちは。ヒロシくんの姉です。あなたですか、こんなあかんたれをもらってくれる奇特なお方は」

「は、はじめまして。公子です」

「アホ、のっけからインパクト強すぎるやろ。公子ちゃんが引いてしまうやないか」

「うちのお嫁さんになるのは大変やと思います。おとうちゃんはもう年やし、おかあちゃんは息子に甘いし、こんな小姑はおるし、ヒロシくんは生活力ないしねえ。考え直したほうがええですよ」

「コラ、弟のしあわせを壊す気か」

彼女が何か言うたびに、ヒロシが合いの手を入れる。まるで掛け合い漫才のようだ、とわたしはあっけに取られていた。

「どうしてもというんなら、これ、役立ててください」

ユリちゃんは大きなズダ袋から大量のパンフレットを出してテーブルに並べた。それはみな二世帯住宅のパンフレットだった。いろんなハウスメーカーから取り寄せたものらしく、電話帳一冊ぶんくらいの厚みがあった。

すると、おとうさんが、

「これは、わたしから」

と、リボンをかけた箱の包みを差し出した。リボンをほどき、中を見ると、わたしはあっと声を上げた。そこにはいろいろな国の言語が印刷された小さな袋がぎっしりと詰まっていたのである。袋の中身は、すべてコンドームだった。船乗りをしていた頃におとうさんが行く先々の港で集めた、世界中のコンドームだった。

わたしは赤面してヒロシを見た。ヒロシは目をうるませて父親に礼を言った。おとうさんは満足そうに頷いた。おかあさんは困ったような顔をしていた。ユリちゃんはニヤニヤしていた。

「ヒロシくんはたよりないけど、家族みんなで公子さんのこと大事にさせてもらいます」

そう言ってユリちゃんは深々と頭を下げた。すると全員がそれに続いた。

このとき、わたしは観念したような気がする。人間の家族のなかに入り混じって暮らすことは、避けられない運命なのかもしれないという気がした。この家族の一員であるこの姉が、わたしと同じように動物園の檻のなかにいるインドゾウのように見えたために、当初感じていた疎外感がいくぶん薄まったのも大きかった。

結婚式も、親族が集まっての食事会もしなかった。そんなことをはしょっても、誰も何も言わなかった。ユリちゃんが卒業式も成人式もおおっぴらにはしょってきた長い歴史のおかげで、この一家には儀礼的なイベントにこだわらない免疫ができていたのである。

だから、わたしがヒロシと結婚することになったのは、ユリちゃんの存在がおおいに貢献していたといっていい。結婚生活のあいだにもユリちゃんは清涼剤のような役目を果たしてくれていた。ユリちゃんが長い旅に出てしまうとわたしは何となく息苦しくなったし、帰ってくれればそれだけでほっとしたものだ。

「ユリちゃん、誰とも結婚しないといいな」

と、新婚の頃ヒロシに言ったことがある。

「ずっとあの離れにいてくれたらいいのにな」

「あいつは結婚なんかできへんよ」

と、ヒロシが断言した。何か引っかかる言い方だった。

「なんで？　旅先で知り合って結婚するカップルもたくさんいるんだって、ユリちゃん言ってたよ」

「あいつな……誰にも言わんといてな……レズなんや」

ヒロシが声をひそめて、不治の病の名を告げるように言った。

「えっ」

「中学の頃から好きになるのは女の子ばっかりや。男子なんか目もくれへん。いまだにそうや」

「ほんと？」

「ほんまや。オヤジもオフクロもうすうすは勘付いてる。親にしてみたら不憫やろなァ。

だからユリちゃんの結婚問題については、我が家ではタブーなんや」

「そうだったの」

「ぼくは慣れてるから何とも思わへんけど、コーコちゃんにはショックやったかな？」

「ううん、全然。別にショックを受けるようなことじゃないし」

そんなことで声をひそめたりショックを受けたりしていたら、ユリちゃんがかわいそうだ。言われてみればなるほどユリちゃんは、男の人と一緒にいるより女の人といるほうが似合っている。

「コーコちゃんにそう言ってもらえると、救われるような気がするわ」

「今、カノジョはいるのかしら？」

「それがなあ、二、三年前に大失恋したみたいでなあ。あれ以来ずーっと空家みたいやな」

わたしはその話を聞いてユリちゃんのことを少し理解できたような気がした。気ままに生きて、のびのびと天衣無縫に旅から旅の暮らしをしているのに、ユリちゃんは時折はっとするような暗い目をすることがある。それはわたしなんかよりはるかにかなわぬ恋を繰り返してきたからだったのだ。異端児として生きねばならないこの世界にあっては、ユリちゃんは自分から一歩も二歩も身を引いて、超然とせざるをえなかったのだ。

離婚して神戸の家を出るとき、ユリちゃんは長い旅の空にあった。だからさよならは言っていない。あとから送られてきた離婚届と一緒に、ユリちゃんからの絵はがきが入っていた。帰ったらトルコのどぶろくで一杯やろうと書いてあった。それを読んだとき、ヒロシの前でもおとうさんの前でも泣かなかったわたしが、ひとりになって初めて泣いた。ユリちゃんに会いたくてたまらなかった。

それっきり、神戸の人たちとは会っていない。新婚の頃にそんな会話をしたことも、わたしはすっかり忘れていた。離婚し、店をつぶし、借金取りに追われて別れた妻の家に転がり込み、その情けに縋《すが》りつかなくては生き延びられないところにまで追い詰められたヒロシを見ていると、この男がここまで落ちぶれたのはわたしのせいなのではないかと思えてくる。わたしがあのまま我慢していたら、ちっぽけなプライドにこだわらずにヒロシのことを赦《ゆる》していたら、店をつぶすこともなく、舅《しゅうと》もボケずにすんだのではないか。

もちろん離婚の原因はヒロシの浮気だけではなかった。ヒロシが子供を熱烈にほしがったにもかかわらず、わたしが子供をつくることを拒否し続けたせいもある。

「公子ちゃん、あんた、うちのヒロシくんのこと、寝床の中でちゃんと喜ばせてるやろね？」

セックスを断った翌朝、出がけに玄関で姑からわざとのように言われて、冷水を浴びせられたような気持ちになったこともあった。

店の経営に関してヒロシとわたしの意見が対立しはじめ、ついてゆけなくなったせいもある。店がたちゆかなくなっているのに相変わらず金遣いの荒いヒロシにキレたせいもある。にっちもさっちもいかなくなった土壇場《どたんば》で踏ん張るのではなく、突然遊びはじめたヒロシをわたしはどうしても受け入れることができなかった。姑は何でも知っていて、

「あんたがもっとあの子にやさしくしてあげたらよかったんやないの？」

と言っただけだった。

あの家の清涼剤であるユリちゃんは一年近くも旅に出たままだった。もしユリちゃんがいてくれたら、わたしはあの家にとどまっていられたかもしれない。

たとえ浮気されても嫌いになることはできなかった。わたしが悪いのだと思っていた。でもヒロシは家に帰ってこなくなった。女の家に入り浸りはじめた。ヒロシもユリちゃんもいない家の中で、わたしはどうすればよかったのだろう。

「とにかく、このお金は使って」

わたしは銀行の袋に入ったお金をヒロシに見せた。

「これで利息分は足りるよね？」

「貸してもらっても、返されへん」

「返さなくていいから。今夜のうちに高飛びしたほうがいい」

「高飛びやなんて、すごい言葉知ってはるなあ」

笑ってくれるかと思ったが、ヒロシにそんな余裕はなかった。

「どこへ逃げたらええんやろ」

今にも泣き出しそうに大の男が途方にくれている。

「うんと遠いところに足のつかない友達はいないの？」

「ぼくもユリちゃんと一緒でな、友達少ないんや」

「いっそ外国へ逃げたら？　ユリちゃんがよく行ってた場所で、しばらくいられそうなところとかないの？」

「そんな金あらへんがな」

ヒロシはついに半ベソをかきはじめた。

「しっかりしなよ、あかんたれ」

怒鳴りつけると、わたしは来月の家賃のために引き出しておいたお金を抽斗《ひきだし》から出して、深いため息とともにヒロシに差し出した。

「七万円あるわ。これだけあればバンコクくらいには行けるでしょ」

「バンコクって、タイの？」

「ユリちゃんがよく話してた。バンコクにはカオサン通りっていう安宿街があって、そこには長期滞在の日本人がたくさんいて、シャバの垢を落としているんだってよ。そのあたりの屋台では一食百円くらいでおいしいごはんが食べられて、一泊数百円でゲストハウスに泊まれるんだって」

「シャワーは水で、ヤモリが壁に張りついてるんやろ。そんなとこイヤや」

「贅沢の言える立場なの？　七万円で行ける外国なんてそんなに選択肢がないのよ」

「それもそうやな」

ヒロシは拝む恰好でお札を受け取り、ポケットにしまった。

「朝いちで出てくから、今夜もう一晩だけ泊めてくれへん？」

「だめ。今すぐ出て行って」

「雨降ってるし、傘もってないんや」

「傘なんかもってっていいから。早く出てって。そしてもう二度とわたしの前にあらわれないで」

わざと冷たく言い放つと、ヒロシは悲しげにわたしを見つめて、わかった、と言った。そしてしおたれた子犬のような風情でショボショボと荷物をまとめはじめた。わたしはビールを飲みながらそれを見ていたが、もうこの男とこんなふうに会うことはないような気がして、グラスを置いた。

「ねえ、シャツ脱いで」

「コーコちゃん、最後にエッチしてくれるんか？　うれしいなあ」

「アホ。アイロンかけたげる」

ついにヒロシは泣き出した。わたしがヒロシの安物のシャツにアイロンをかけているあいだ、男泣きに泣いていた。

「もういっぺん、あんたの男になりたかったわ」

「わたしはもうたくさんだけどね」

「別れた女房と暮らせて、楽しかったわ。ありがとう」

「こっちこそ、ごはんおいしかった」

「迷惑かけて、すまんかったな。またかけるかもしれんけど、堪忍な。バンコクから帰ったら佐川急便のドライバーでもやって、きちんと借金返すからな。ぼく、今、ちょっと疲れてるだけなんや。少しだけ休んだら、またバリバリ働くから、こらえといてな」

「もういいよ。早く行きなよ」

わたしはアイロンのかかったシャツをヒロシに着せてやった。いくらかはましな男に見えた。

「もしやつらがあんたにしつこくつきまとうようなことがあったら、しばらくここにおらんほうがええかもしれへん。そうや、ユリちゃんのとこへ行くとええわ。親父もおる。あそこなら安全やろ」

「ユリちゃん、どこにいるの？」

「奈良の旅館で住み込みの仲居しとる。オーナーがええ人でな、市の施設に空きが出るまでのあいだ、従業員寮に親父も一緒に住まわせてくれてるんや」

ヒロシはボストンバッグの中からくしゃくしゃになった旅館のパンフレットを出してわたしにくれた。

「ほな、行くわ」

「うん」

「元気でな」

「ヒロシくんもね」

「糠床《ぬかどこ》、ちゃんとかきまぜなあかんで」

それが最後の言葉だった。

ヒロシが出ていってドアが閉まってから、彼が傘をもたないで出たことに気づいたが、追いかけてあの顔を見てしまうともう一晩泊めてしまいそうな気がして、追いかけなかった。窓を開けると雨脚が強くなっていた。せっかくアイロンをかけてやったのに、無駄になってしまった、とわたしは苦笑しながらビールの残りを飲み干した。

ヒロシの言った通り、取立て屋の猛攻は聞きしにまさるものだった。

わたしがあっさりと利息分を支払ってしまったため、突つけばもっと搾《しぼ》り取れると思ったのか、やつらは毎日のように会社に押しかけてきて、いやがらせをしはじめた。小さな会社だが、わたしが課長の肩書きをもっているとわかると、こんな金づるを逃してなるものかとあの手この手で食いついてきた。やつらのことは会社じゅうに知れ渡り、わたしは顔を上げて社内を歩けなくなってしまった。

「きみ、どうしたの。なんでヤクザから金なんか借りたの」

日ごろからわたしのことを快く思っていない部長が、ここぞとばかり嫌味を言ってきた。

「ご迷惑をおかけして、申し訳ありません」

「なんでそんなに金が必要だったのかな。切羽詰ってたんだろうけど、一体何があったの」

「本当にすみません」

「何かヤバイことに手を出したんじゃないだろうね。それとも、おかたいきみに男関係のもつれとか？　ホストにでもいれあげたんじゃないの？」

「いいえ、そういうことでは」

「じゃあ何？　ストレスたまって買い物依存症にでもなったか。株で損したの？　麻薬に手出したの？　まさか金のかかるダイエットでもやってるんじゃないよね」

わたしは歯を食いしばって嫌味に耐えた。リストラという言葉が、初めて現実的に頭に浮かんだ。

「まずいだろー、あんなのに毎日毎日ウロウロされちゃあ。ここは歌舞伎町かよ。みんなびびってるし、これじゃ仕事にさしつかえるんだよ」

「はい、おっしゃるとおりです。何とかします」

「ところでいくら借りたの？　参考のために教えてよ」

「すみません。何とかしますから」

会社だけではなかった。やつらはアパートにもやって来た。ほかの住人からは苦情が来るし、大家である叔父もさすがに渋い顔をして文句を言いに来た。

「困るんだよねえ。下見に来たお客さんに今日も断られたよ。引越しシーズンなんだからさ、あんなのがいたらうちの商売上がったりだよ」

「ごめんなさい。アパートのみなさんには何かお詫びの品でも配りますから」

あっちでも、こっちでも、わたしは平身低頭してペコペコしなくてはならなかった。ヒロシを恨む気力さえなくなってしまうほど、わたしはぼろぼろに疲れ果てていた。

ヒロシが最後に残していった奈良の旅館のパンフレットが、朝の化粧をするドレッサーの上にのっていた。下地クリームを塗りながら、わたしはそこに書かれた文字を眺めた。ファンデーションをのばしているとき、あるひとつの言葉がすっとわたしの中に入り込んできた。

「花伽藍《はながらん》」

何のことだろうと思い、わたしは手鏡を置いてパンフレットをもう一度読んだ。その言葉は旅館のロケーション案内の欄に書かれていた。

「桜の名所・吉野山《よしのやま》まで車で十分。桜の季節には目の眩《くら》むような壮大な**花伽藍**をお楽しみいただけます」

わたしは目を閉じてその光景を想像してみた。それはさぞかしすごい眺めなんだろう。わたしがこれまでに見たどの桜よりも美しくすさまじい眺めなんだろう。吉野山だ。花伽藍だ。絢爛《けんらん》たる天上の世界だ。ああ、一度でいいから見てみたい。

わたしはパンフレットをバッグの中に入れ、口紅を塗って、玄関を出た。いやがらせの生ゴミが今日もドアの前にぶちまけられていた。掃除をする気力もなく、わたしは足早に駅まで歩いた。いつものように小田急線に乗り、新宿まで出ると、わたしはそのまま中央線に乗り換え、東京駅に向かった。何も考えていないのに、体が勝手に動いていた。会社に行く気はしなかった。桜前線は今まさに西日本のあたりに上陸しているはずだった。週末まで待っていたら散ってしまうかもしれない。花伽藍を見なければならないと思った。

「奈良まで一枚。特急券もつけて」

東京駅に着くとまっすぐにみどりの窓口に飛び込んだ。

「京都で乗り換えですね。京都からは近鉄特急で行かれたほうが早いですよ。それともJRの奈良線でいいですか？」

こういう駅員さんに当たると、うれしくなる。わたしは思わずにっこりした。そして笑顔のために顔の筋肉を使うことなど、ひどく久しぶりだったということを思い出した。

奈良に着くまで、無断欠勤のことを忘れていた。でも乗り換えの京都でユリちゃんの旅館に電話をかけて、今夜の宿を予約することは忘れなかった。花見客で混みあっているかと思ったが、運よくキャンセルが出たらしく、部屋は空いていた。

奈良に着くとそこからはタクシーで旅館に向かった。

「お客さん、観光ですか？」

若い運転手さんが暇をもてあますように話しかけてきた。

「ええ、まあ」

「運がいいよ、お客さん」

「どうして？」

「満開だもん。今日あたりがピークよ」

「それはラッキー」

「お客さん、東京から？　女ひとりで花見ですか？」

「ううん、こっちに……親戚がいるの」

家族とは言えないし、友達というのとも少し違う。やはり親戚というのが一番近いのではないかと思った。

車の中で次第に緊張感が高まっていった。ユリちゃんに会うのは楽しみだったが、おとうさんに会うのはこわいような気がした。長年のあいだ没交渉になっている実の父に会うよりも、こわいような気がした。挨拶もせずに神戸の家を飛び出したことをおとうさんは許していないような気がしたのだ。

　結婚するとき、この家族にだけはわたしの家庭のことを正直に話した。両親がそれぞれ別の家庭をもったこと、祖母に育てられたこと、いまだに両親をゆるすことができないこと。どんなリアクションが返ってくるかは想像がついた。いつまでも親を恨むな、もう大人なんだから早く和解するべきだ、と言われるのだと思っていた。だがおとうさんは、

「ゆるせなくて当然や。気がすむまで恨んだらええのや」

　と言ったのである。

「でも、忘れたらいかん」

　ぶっきらぼうな言い方だったが、そのときわたしはいっぺんに気持ちが楽になったのを覚えている。

　以後、わたしの家族のことが話題にのぼることは一度もなかった。盆暮れに里帰りすることのない嫁を、ヒロシだけは不憫がって、有馬温泉だの京都だのハワイだのに連れて行ってくれた。

　二世帯住宅に建て替えてもらったので、食事は完全に別々でよかった。でも関東出身のおかあさんは、

「この味が懐かしいわねえ」

　と言って、時々わたしのおみおつけを飲みに二階へ上がってきた。おかあさんが来ると

わたしは緊張した。おかあさんには自然と滲み出る威厳と風格のようなものがあって、どんなに気さくにしていても気の抜けないところがあった。

おかあさんはわたしと違って、店の経営にタッチすることはまったくなかった。おとうさんが船乗りだった時代から、一貫して専業主婦であり続けた。家の中をピカピカに磨き上げ、手のかかった料理をつくり、いつも洗い立ての真っ白いシーツを用意して夫や子供たちの帰りを待ち続けたひとだった。だから、わたしが仕事にかまけて手抜き料理をかわいい息子に食べさせていないか、つねに監視されているような気がして、息が詰まりそうだった。

でも、おとうさんはいつも飄々《ひょうひょう》としていた。わたしたちのことには無関心と思えるほどクールで、引退してからは商売のことに一言も口をはさまなかった。息子に譲った以上、店がどうなろうと知ったことではないというスタンスを最後まで取り続けた。自分の感情を表に出すこともなくなった。朝から晩まで自分の部屋でひとりきりで過ごし、本を読んだり音楽を聴いたりしているようだった。

口数の少ないひとだったのでついに一度もちゃんと話をしたことはなかったが、わたしにはおとうさんの抱えていた孤独感のようなものが理解できるような気がしていた。おとうさんが結婚の贈り物にくれた箱いっぱいのコンドームは、今はどこにあるのだろう。わたしは時々あの贈り物のことを考えることがある。そのたびに微笑ましく、そして少しさみしいような気持ちになる。

「いらっしゃいませ。ようこそお越しくださいました」

旅館に着くと、やさしそうな年配のおかみさんが出迎えてくれた。他の人たちとはワンランク上の着物を着ていたので、たぶんおかみさんなんだと思う。このひとの包み込むような笑顔を見て、ユリちゃんはいいところで働いているとほっとした。

「遠くからお疲れ様でございました。楓《かえで》の間にご案内いたします」

とわたしの荷物をもってくれる仲居さんを見て、わたしは声をあげそうになった。着物を着てよそ行きの顔をしているが、それはまぎれもなくユリちゃんだった。

「あ……」

懐かしさに顔を綻《ほころ》ばせるわたしに向かって、ユリちゃんはそっとウインクをした。あとでネ、と言うように素早く合図を送り、先に立って歩きはじめた。それはまるで夏休みの子供が親戚の家に遊びにきて、大人たちの挨拶がすむまで待っているあいだ、あとでゆっくり遊ぼうネ、と合図を送りあうのにどこかしら似ていた。

部屋に通されると、ユリちゃんは仲居さんの顔からようやくいつもの顔に戻って、泣き笑いのような表情を浮かべた。

「よう来てくれたね。待ってたよ。ヒロシくんから聞いてたから、そろそろかなあって思ってたんよ。会いたかった」

「わたしも会いたかった。ユリちゃんにずっと会いたかった」

「公子ちゃん、あんまり変わらんねえ」

「ユリちゃんも。でも、着物着てるから何か変」

わたしたちは互いの姿を眺め、照れくさくてもじもじしていた。

「おとうちゃんがボケてしまってな」

「ヒロシくんから聞いた。どこにいるの？」

「寮におるわ。わたしもうじき上がれるから、一緒に会いに行ってみる？　今日は気分がええみたいよ」

「うん、そうする。わたしのこと、わかるかな？」

「たぶん、わからへんと思うわ。でも、わたしやヒロシくんのこともわからへんのやから、気にせんといてな」

「自分のこともわからないの？」

「たまーにね、意識のはっきりしてるときがあって、そのときはわかるみたいやね。でも最近は混濁してるときのほうが多いんよ」

そう聞かされてはいても、いざ目の前にしたときのショックを考えると、胸が痛んだ。

しばらくすると勤務時間が終わったらしく、ユリちゃんが私服で迎えに来た。だらりとした無国籍風の服。やはりこれでなくては、と褒めると、まあね、とユリちゃんは投げやりに言った。

「これからお花見でもせえへん？　お弁当買って、おとうちゃんも連れて」

「うん。そのために来た」

「車借りると思いきり飲まれへんから、タクシーで行こ。日の暮れんうちに、すぐ出発しよ。こっちや！」

寮へ向かう道を、ユリちゃんはわたしの手を取って駆け出した。わたしは少しどきどきした。ユリちゃんと手をつないで走ることが年甲斐もなくうれしくて、どきどきした。

「おとうちゃん、お客さんよ」

旅館の裏手にある木造モルタル造りのアパートが従業員用の寮になっていた。一階の奥の部屋に座ってテレビを見ていた老人が、ゆっくりとこちらを振り向いた。

「誰やと思う？　公子さんや」

ユリちゃんがわたしの手を引いておとうさんの前まで連れてってくれた。おとうさんは表情を変えなかった。わたしの腋《わき》の下から汗が流れた。

「こんにちは。ごぶさたしています」

挨拶して微笑みかけると、おとうさんもにっこり笑ってくれた。相手が微笑んだから一応念のために微笑んでおく、といった笑い方だった。

「お元気そうですね？」

「はあ、どちらさんでしたかな？」

「公子です」

「ウーン、わからん」

おとうさんはわたしの顔をじっと見つめていたが、本当にわからないようだった。どうしていいか困っていると、ユリちゃんが助け舟を出してくれた。

「おとうちゃん、公子さんや。うちのお嫁さんの、公子さんやろ？」

「はあ？　ヨメ？」

「そうです。ヒロシくんと結婚してました。公子です」

「ウーン、わからんなあ。誰や？」

「ヒ、ロ、シ、の、ヨ、メ。キ、ミ、コ、で、す」

「ヒロシ？　ああ、ヒロシのなあ」

おとうさんはわかったようなわからないようなリアクションを返して、この面倒で不条理な会話から解放されたがっていることを示してみせた。わたしとユリちゃんは顔を見合わせてプッと吹き出した。

「さあ、おとうちゃん、お花見に行くよ」

「バナナもってな」

「はいはい。バナナもあるよ」

ユリちゃんはわたしの耳元で、好物なんや、と呟《つぶや》いた。そして、人間最後は食い気やね、と楽しそうに言った。

タクシーに乗ると、おとうさんは急にウキウキして、かわいらしい童子のようにはしゃぎまくった。わたしにもバナナをすすめ、にこにこして、古い歌を歌っていた。

「この人な、公子ちゃんのこと気に入ったみたいや」

「どうしてわかるの？」

「バナナをあげるのは、気に入った証拠や」

「よかった。でも五年前にはどうだったのか、自信ないな。怒っていなかった？」

「わかりにくい人やったからね。こうなってしまえばバナナ一本で気持ちをあらわせるのにね。この人にとってはかわいい嫁やったと思うよ。ほんとはわかってたんやない？」

わたしは頷いて、バナナを食べた。おとうさんは喜んでもう一本くれた。

「しばらくゆっくりしていったら？　どうせ有休たまってんのやろ？」

「そうだね。そうしようかな」

いっそのこと会社をやめて、ユリちゃんと一緒にあの旅館で働かせてもらうのも悪くないかな、とわたしは思った。終わることのない長い長い旅の話を聞いたり、ヒロシの悪口を言いあったり、こっそり客用の温泉にもぐりこんだりしながら、二人でおとうさんの面倒を見るのだ。子供のいない女二人で、子供にかえったおとうさんの世話をしながらつつましい後半戦を生きるのも、それはそれで悪くない。

「ほら、窓の外見て！」

そのとき、視界のなかに、白みがかった靄《もや》がパーッとひろがり、やがてそれは染《し》み入るような薄桃色の蜃気楼となって、体ぜんたいに流れ込んできた。峰から峰へと淡いピンクが煙るような絶景を見はるかす山の中腹で車は止まった。

車を降りると、わたしは息を呑んで立ち尽くすしかなかった。降りしきる雪のなかにいるのかと思った。わたしも、ユリちゃんも、おとうさんも、言葉を失ってただそこに立っていた。空を仰いで、花伽藍に抱かれて、狂おしいめまいとともに立ち尽くしていた。

偽アマント（にせアマント）

庭で猫が鳴いたような気がして、わたしは転がるように浴室を出た。アマントではないかと思ったのだ。シャンプーの泡がまだ残っていたが、気にしている余裕はなかった。体を拭く間ももどかしく、大判のバスタオルを巻きつけただけの恰好で、庭に面したガラス戸を開ける。

だが闇夜に蠢《うごめ》いているのはわたしの白い猫ではなく、リンリンと涼やかな声音を響かせる秋の虫ばかりだった。軒下に置いてある餌皿のカリカリには、明らかに誰かが口をつけた形跡がある。臆病なあいつのことだから、木陰でふるえているかもしれないと、できるだけ小さく静かな声で、

「アマント？　いるんなら出ておいで。アマント？」

と呼びかけてみるが、返事はない。やはり空耳だったのか。猫のことばかり考えているから、風が吹いても虫が鳴いても猫の声に聞こえてしまうのだ。

落胆した途端にシャンプーの泡が目の中に流れ込んで来、足元から冷え冷えとした夜気が這いのぼってきて背筋にまで達した。わたしは盛大なくしゃみをしてから戸を締め、鍵をかけ、カーテンを引いた。そして冷え切った体と心を温め直すために、もう一度風呂に

入り直した。

アマントがいなくなってから、もう二週間になる。

ということは、仁子《じんこ》がここを出て行ってからそれだけの時間が流れたということだ。同棲を解消して出て行った恋人に、アマントは連れ去られてしまったのである。

確かな証拠があるわけではないが、

「わたしが会社に行っているあいだに引越しは終えておく」

という約束通り、会社から帰宅すると彼女の荷物はもぬけのからになっていたが、ついでに飼い猫もいなくなっていたというわけだ。引越しのどさくさにまぎれて猫が外へ迷い出たという可能性も考えられなくはないが、それをそのままにしていなくなるほど彼女は無責任な人間ではない。だから彼女が故意に連れ去ったとしか思えないのだ。

このようにしてわたしは恋人と猫を同時に失うことになり、無力感の底に突き落とされた。一緒に暮らしていた女と別れることだけでも耐え難い出来事なのに、そのうえ猫までいなくなってしまっては、どうしていいかわからなかった。でもそれだけの仕打ちをする理由が彼女にはあったに違いない。一緒に暮らしているあいだに、アマントはわたしだけの猫ではなく彼女の猫にもなっていたのだろう。

だからといって、無断で連れ去るなんてひどすぎる。ただちに猫を返すよう彼女に電話をかけたかったが、わたしは新しい電話番号も住所もきいていなかった。彼女もわざわざ伝えなかった。携帯電話はすでに解約されていた。

もともと仁子は風来坊のようなところがあり、わたしがひとりで借りて住んでいたこの家に、ある日突然ころがりこんできたという経緯がある。初めて泊まっていった翌朝、当然のように布団を干し、掃除機をかけはじめたのだ。朝食兼昼食を食べてからまたイチャイチャし、夕飯の買い物に行こうと言い出し、ついでに明日の朝のパンとヨーグルトをちゃっかりカートに入れており、何の疑いもなくその夜も泊まり、次の日わたしが会社から帰ってくると、夕飯の支度をする仁子がいて、そのまま居着いてしまったのだった。

このように他人の生活にするりと入りこんできて違和感がないのは一種の才能というべきだろう。わたしにはとてもできそうにない。セックスだけでなく、ごくごく自然に家事を分担できるところが秘訣だったかもしれない。三日もするとまるで最初から二人で住んでいたかのように自然に仁子はこの家の風景に溶け込んでいた。あえて追い出す理由も見当たらなかったし、またその気もなかった。二人でいると居心地のよいさびしさの穴に嵌《は》まっていくようで、等分の孤独を分かち合っているようで、自分には不釣合いな幸福感に怯《おび》えることもなければ、焼けつくような孤独感におののくこともなかったのである。気がついたら仁子は、わたしの身の丈にぴったりと合ったパートナーとして、一緒にごはんを食べ一緒に眠るのが当たり前の存在になっていた。

チルシスとアマントは、子猫のときからいつも一緒にいた。うちのかよい猫が軒下で産んで育てた猫だった。親猫のほうはいつのまにかいなくなってしまったが、二匹の白い猫だけがうちの庭に居着いた。

「おゝチルシスとアマントが
庭に出て来て遊んでる」

中原中也のこの詩句から猫の名前を命名したのは、当時一緒に暮らしていた恋人だった。冬の木漏れ日のなかでいつも二匹で寄り添っているチルシスとアマントを見るたび、わたしたちはまるで自分たちの姿を見るような気がしたものだ。

だがある日、チルシスが車に撥《は》ねられて死んでしまった。ひとりぼっちになったアマントが不憫で、家猫として面倒を見ることにした。もともと臆病な猫だったが、チルシスを失ったことによって病的なほど臆病になり、抱けるようになるまでには長い時間が必要だった。

「わたしたちも、どちらかがいなくなったら、こんなふうになるのかな」

ベッドの下でふるえるアマントを見ながら、彼女が言った。その背中があまりにも老けて見え、胸を衝かれて、わたしは彼女の背中に抱きついて甘い声を出した。

「いなくならないもん。ふたりで仲良くいじわるばあさんになろうよ」

「どうかしら。いつかわたしが太って醜い中年になったら、きっとかおりに捨てられるわね」

「捨てないよ。太った女は好きだもん。もっともっと太っていいよ」

言いながら泣けてきた。たぶんあのころが、一番幸せだったと思う。そして一番の幸せは、一番の不幸とつねに背中あわせだということも、わたしたちは知っていた。

好きなひとと暮らすのは、かなしいことだ。いつかこのひとと別々に暮らすことになっても、ひとりで生きていけるように、心のどこかでつねに覚悟をしていたような気がする。互いに愛しすぎないようにブレーキをかけ、ありあまる愛情を猫に注いだ。わたしたちはアマントよりもはるかに臆病だったのだ。

「この猫はちょっとオツムが弱いんじゃない？」

つきあいはじめの頃、仁子はなかなか懐かないアマントを見るたび苛々して悪態をついた。わたし以外の人間がそばに寄っただけでパニックに陥ってふるえだし、触りたいのにどうしても触らせてくれない猫を前にして、仁子は拗《す》ねていたのだろう。人のいないときには安心してわたしの膝によじ登ってくるアマントを見たら、仁子はもっとヘソを曲げるだろう。猫好きを自認し、どんな猫にでも好かれるのだと自慢していた仁子にとっては、いたくプライドを傷つけられたのかもしれない。

「ちょっとこわがりなだけだよ」

「白い猫って他の猫よりばかなんだって」

「ばかな子ほどかわいいんだよね」

「女と同じだね」

　年下のくせに仁子は時々こんな物言いをして大人ぶる。でこぼこのすくない少年のようになめらかな肉体にあどけない童顔をのっけているけれど、女の扱い方は枯れていない中年男の域に達している。わたし自身は中年男に抱かれた経験はないからよくわからないのだが、バイセクシュアルのおばさんと寝たときにそう言って褒められたのだそうだ。

　巧みであり、醒めているようでいて思いがけなく熱意に溢れ、淡々としながらも果てしのない持続を誇る仁子の愛し方は確かにすばらしいものだった。仁子自身バイセクシュアルだと聞いていたが、男のようにわたしを求めわたしを抱くこの体が、ほかでもない男の人に抱かれることもあるなんて、とても信じられないことだった。

　一晩中ひたむきに愛し合ったそのあとで、甘いベッドに搦《から》め取られることなく勢いよく起きだし、今日はお天気がいいからお布団を干しましょう、と言っててきぱきと行動する健全な生活感も新鮮な魅力だった。実を言えば起きぬけのセックスを期待していたわたしは一瞬拍子ぬけしたが、すぐに不思議な安心感につつまれて笑い出した。セックスも恋も非日常の特別なものとしてあるのではなく、日々の暮らしのなかの道々に咲いている野の花に過ぎない。わたしが感じた安心感とはそういうものだった。

もし仁子が恋愛至上主義者のレズビアンだったら、わたしは一緒には暮らさなかっただろう。


そんな仁子がアマントを籠絡《ろうらく》するのは時間の問題だった。まめに愛情と忍耐をもって接すればどんな猫も女も落とせる、というのが彼女の持論だった。実際わたしはゆっくりじっくり時間をかけて、仁子に口説き落とされたのである。

仁子はわたしの会社の社員食堂でおばちゃんたちに混じって働くアルバイトだった。いつもいるおばちゃんのかわりに珍しく若い女の子がいるなと気がついてはいたが、わたしは盆の上げ下げのたびに厨房の人に積極的に声をかけるような気さくな性格ではない。仁子のほうもどちらかといえば黙々と働くタイプで、そんなわたしたちが口をきくようになったのは、肉じゃががきっかけだった。

うちの社員食堂の肉じゃがはとてもおいしい。ほかの料理はたいしたことはないのだが、どういうわけか肉じゃがだけは例外的においしいのだ。そしてわたしは肉じゃがが大の好物である。肉じゃがはほぼ二週間に一度の割合でAランチのメインディッシュとして登場する。月に二回しか食べられないわけで、食べ損ねたときはそれはそれはがっかりする。

その日、打ち合わせが長引いたおかげで社食に飛び込んだときには一時半をまわってい

た。メニューを確認してAランチの食券を差し出すと、

「すみません。肉じゃが終わっちゃったんです」

と申し訳なさそうに言われた。

「ええーっ、またあ？」

わたしは思わず刺々《とげとげ》しい声を出していた。前回もいつもより遅めに行ったら食べ損ねていたのである。隠れた人気メニューとして肉じゃがの登場する日は社食の利用率が上がるのかもしれない。

「す、すみません……」

放心して立ち尽くすわたしの姿を、前回同様、彼女は覚えていたらしい。

「あの、そんなにお好きなんですか、肉じゃが？」

「まあ、ねえ。でもないんなら仕方ないわね。Bランチでいいわ」

そんなやり取りがあったことをわたしは忘れていたのだが、しばらく地方に出張したり、外でのビジネスランチが続いたりして、半月ぶりくらいに社食へ行ったときに、

「しばらくいらっしゃいませんでしたね」

と声をかけられた。

「ああ、そうね」

わたしは口元だけで微笑んでおざなりに言った。すると彼女がさも重大な秘密を打ち明

けるようにこっそりとわたしの耳元で囁いたのだ。

「あさって、肉じゃがが出ます」

「えっ?」

わたしは一瞬、何を言われたのかわからなかった。彼女は上気したような顔でにっこりした。ずっと教えたくてたまらなかった情報をようやく教えることができて、ほっとしたという感じだった。

「今度こそ早めにいらしてくださいね」

「あ、ありがとう」

わたしはそのとき初めて彼女の顔をまともに見たような気がする。わたしの部下の男性社員が彼女のことを結構かわいいと噂していたのを思い出して、なるほどなと思った。

次の日もわたしは社食に行った。少し離れたところで味噌汁を注いでいた彼女は、わたしの姿を見つけると飛んできて、

「明日ですからね、肉じゃが」

とわざわざ念を押してくれるのだった。

こうなると彼女の親切に応えなくてはならなかったが、そんな日に限って取引先とのトラブルが起こり、わたしは菓子折りを持って謝りに行かなければならなくなった。たっぷりと油を絞られ、解放されたのは二時を過ぎていた。簡単にハンバーガーで済ませようと

思ったのだが、彼女のことを思い出し、社食に行ってみることにした。

「また遅くなっちゃった。もうないわよね、肉じゃが？」

肉じゃがどころか、ランチタイムそのものがもう終わっている時刻だった。厨房の奥で後片付けをしていた彼女が、ぱっと顔を輝かせて飛んできた。

「今日はもういらっしゃらないかと思いました」

「何でもいいから食べさせてくれない？　おなかペコペコ」

彼女はおばちゃんたちの目を盗むようにして前掛けのポケットからタッパーを取り出し、さっとわたしの手に渡してくれた。それは、まだほんのりとあたたかい肉じゃがであった。

「あ……」

わたしは感動して彼女を見た。彼女は時間外にもかかわらず特別にごはんと味噌汁をよそってくれた。

「誰もいませんから、ゆっくり食べていってくださいね」

外で働く男には七人の敵がいるそうだが、女が三十代も後半になって独身でバリバリと仕事をしていると、二十人くらいの敵がいるものだ。さんざんいやな思いをしてきたあとでそっと出される取っておきの肉じゃがはじわじわとわたしの骨身に沁《し》みた。おおげさではなく、涙がでそうなほどおいしかった。

これを機にわたしたちはぽつぽつと言葉をかわすようになった。しばらくして気がついたことは、彼女が誰に対しても親切というわけではなく、わたし以外の人間にはむしろ無愛想でつっけんどんであるということだった。わたしの部下が何度か話しかけてちょっかいを出そうとするのを見たことがあるが、彼は見事に黙殺されていた。

「あの子にはきっと彼氏がいるんだろうな。ちぇっ、あの身持ちのかたそうなところがまたたまんないんだよなあ」

わたしの知る限りその男はかなりの遊び人で、女には不自由していないはずだった。彼だけではなく他の男性社員もよく彼女を見つめていることにわたしは気づいた。でも彼女は誰にも笑わなかった。わたしにしか笑わなかった。

わたしが彼女を意識するようになったのは、彼女が十日間ほど欠勤したときのことである。最初は風邪だろうくらいに思っていたのだが、あまりに姿が見えないのでおばちゃんに訊いてみたところ、

「お母さんが亡くなったらしくてね、田舎に帰ってるらしいですよ」

という返事が返ってきた。彼女の欠勤が長引くにつれ、もしかしたらこのまま辞めてしまうんじゃないか、もう二度とここには戻ってこないんじゃないかという気がして、わたしは何となく忘れ物をしたような気持ちになっていった。

だから彼女が職場に復帰したとき、わたしは自分の顔がぱっと明るくなるのを感じなが

ら弾んだ声で彼女の名前を呼んでいた。

「もう辞めたかと思ったわ」

彼女は照れ臭そうに笑って、辞めませんよ、と言った。

「だって辞めたらあなたに会えなくなるじゃないですか」

わたしはどんな顔をしてこの言葉を受け止めればよかったのだろう。さばの味噌煮と豚汁の盆をもったまま、わたしはまっすぐに彼女を見つめてしまった。彼女も右手にオタマを、左手に汁椀をもったままじっとわたしを見つめている。その瞬間、湯気の向こうから息苦しいまでの思いが伝わってきた。なんてきれいな目をしているのだろう、とわたしは思った。彼女が女で、自分も女であるということを、無意識に超越した瞬間だった。


だからといってわたしたちが急接近したわけではない。仁子は決して焦らず、少しずつ少しずつ近づいてきた。まるではじまることをおそれるように。つつしみぶかく、決してわたしを怯えさせることのないように。

仁子はもうわたしにとって、ただの「社食の女の子」ではなかった。あからさまな恋心でわたしを見つめ、無言の眼差しでわたしを口説く、年下のかわいい女の子だった。その目に激しい欲望が宿っていることも、わたしは感じ取ることができた。言葉の端々に込められるせつない求愛のしるしを、わたしはひとつも見逃さずキャッチしていたと思う。その熱はひたひたとわたしに伝染して、気がついたらすっかり巻き込まれていた。

「今度の土曜日、映画でも見に行く？」

と誘っていたのはわたしのほうだったのだから、見事な手管と言わねばならないだろう。

「うん、行く行く」

誰かと映画を見に行くなんて、十年ぶりくらいのことだった。映画はいつも平日の夜にひとりで行く。そのほうが空《す》いているし、つまらなかったら途中で出ることができる。でも連れがいるとなかなかそうはいかない。

映画の前にサンドウィッチ・ショップで腹ごしらえをしながらそんな話をすると、仁子はまったく思いがけないことを言ってわたしを驚かせた。

「でも、映画館の暗闇のなかで触りあうのはとてもスリリングなものですよ」

わたしは食べていたハムサンドを喉に詰まらせて咳《せ》き込んだ。

「あなたはいつもそんなことをやってるの？」

「まあ、わりと」

「でも、そんなことしてたら映画に集中できなくなっちゃうんじゃないかな」

「そうでもないけど。試してみます？」

着々と積み上げてきたダムをあるとき決壊させなくてはならないときがある、それが恋だということをわたしも知っている、自分がそれを求めていることも自分でよくわかっている。しかし、他人に肌を触れられることもわたしには十年ぶりのことだったのだ。

わたしは頷くかわりに、そんな大胆なことができるならしてみなさいよ、という目で仁子を見た。いわば許可を与えたのだが、どうせ口だけだろうと思っていた。

場内が暗くなり、予告編に続いて本編がはじまった。わたしは全身で待っていた。だがいつまでたっても仁子はクールにスクリーンを見つめているだけで、指一本動かそうとしない。ああやっぱり口だけだったのだ、と待ちくたびれてようやく映画に集中しようとしたときには、すでに中盤にさしかかり、登場人物の相関関係がわからなくなってしまっていた。結局わたしが見ていたのは仁子のひんやりとした横顔だけだった。

映画が終わって場内が明るくなると、仁子はにっこりしてわたしを見つめ、

「とてもよかったね」

と言った。わたしは、

「いくじなし」

と言い捨てて、席を立った。仁子を振り返りもせず歩いて行くと、仁子が追いついてきて強い力でわたしの腕を取り、

「ごめん、悪かった。もう一回見よう」

と言った。

「二回見るほどの映画じゃないわ」

と言い終わらないうちに、わたしは仁子にキスされていた。土曜日の人だかりでごった返す渋谷パルコの真ん前で。はじめはかるく、みつばちが花弁にそっと触れるかのように。それから深く、花の蜜を一滴あまさず吸り取るかのように。それがキスだとわかるまでに二、三秒かかった。その甘美なふるまいの意味を理解すると、わたしは仁子の手を握って言った。

「いいわ。もう一回見ましょう」

二度目はもう、仁子は躊躇しなかった。確信に満ちてその手はやって来た。十本の指のあいだを羽毛のような繊細さでゆっくりと撫で上げられ、それだけでわたしは声を漏らしそうになった。仁子はまっすぐにスクリーンを見つめたまま腰から腿《もも》へと手を移動させていった。触れるか触れないかというくらい淡く指を這わせるかと思えば、ふいに強くこすりあげる。息を殺してその感触を味わっていると、頭の芯がぼうっとして、このからだがとろとろと溶けてしまいそうになる。仁子のいとしい指が股《また》を割ってわたしの中心にたどり着くと、闇の中でふわりとからだが浮いて、果実の熟れるような濃い香りが一瞬鮮やかに匂い立つように感じられる。中指の腹で下着の上から掻《か》き回されるたびに、わたしは熟れて崩れて落ちてゆく。仁子が下着のなかへ指を入れやすいようにわたしは少しからだをずらせてやる。仁子が濡れた目でわたしを見る。わたしは頷いて許可を与える。仁子はためらいもせずに巧みに指を侵入させる。ぐっしょりと湿った草原の奥で、ふくらみきったクリトリスが自分から仁子の指に吸い付いていく。わたしは手の甲を噛んで声をこらえる。閉じられた瞼の裏で赤い羽虫が飛び回っている。つまれて、こすられて、なぶられて、わたしはとろけきって流れてゆく。深い深いけものの息が暗闇に満ちる。

映画館を出ると、

「今度は声を聞きたい」

と仁子が言った。まるで指揮者が、

「次はヴァイオリンのパートを」

とオーケストラに向かって命じるような、威風堂々とした態度だった。

「男の子みたい。仁太《じんた》って呼ぼうかな」

「すこし強引すぎる？」

「そういうのは嫌いじゃないわ」

相手が男ならわたしは強引にされると醒めてしまう。ぐいぐい引っ張ってくれる男など虫酸が走る。でも仁子のような女の子にならこのからだをどのように扱われてもかまわない。いくらでもいやらしい目で見ていい。その手でわたしの胸をつかんでその指でわたしを充《み》たしてほしい。

「もう何も遠慮しなくていいのよ。あなたはわたしに好きなことをしていいの」

「なら、肉じゃがを作ってあげたいな。これでも料理得意なんだよ」

わたしは胸がいっぱいになった。なぜこの子は人の気持ちを鷲掴《わしづか》みにする方法をこんなにいくつも知っているのだろう。

「じゃあ、うちに来て。肉じゃがを作ってもらおうじゃないの」

その夜、仁子は本当にとびきりおいしい肉じゃがを作ってくれた。

冷蔵庫をのぞいては、

「うわ、酒しか入ってない」

とあきれ、キッチンを点検しては、

「この包丁、切れないよ。ずいぶん使ってないでしょう」

とか、

「みりんがないよー。男の部屋みたい」

とぶつぶつ言った。

「かおりさんにはお嫁さんが必要だね」

「ねえ仁太、男とつきあうときもそうやって甲斐甲斐《かいがい》しく料理してあげるの？」

「男にはこんなことしないよ。でも女の人にはなぜかしてあげたくなるんだなあ」

「暮らすとしたらどっちがいい？」

「経験的に言って、男と暮らすほうが楽だったかな。別の生きものだから、とことんまで衝突しないっていうか。ケンカしても諦めちゃうとこあるけど、女同士だともろにぶつかっちゃうから」

仁子が男とも女とも一緒に暮らしたことがあるとは意外だった。これまで何人くらいの相手と恋愛経験があるのか訊いてみたかったが、訊くのがこわいような気もした。自分の貧しい恋愛経験を訊かれるのも気が重かった。わたしたちは暗黙のうちに、互いの過去については触れないように気をつけていた。

「かおりさんは、昔ここで誰かと住んでたの？」

「どうして？」

「ひとりで住むには広すぎるから」

「そんなこともあったっけね」

出て行った相手が男なのか女なのかも、仁子は訊かなかった。ここで人と暮らした年月より、ひとりで暮らした年月のほうがはるかに長くなってしまった。

「その話、聞きたい？」

「別に聞きたくない」

「昔ね、わたし……」

話そうとするわたしのくちびるを、すかさず仁子のくちびるが塞《ふさ》いだ。何も聞きたくない。何も知りたくない。過去も未来もない。今しか見えない。今しか信じない。このくちびるしか信じない。仁子はそう言っているようだった。

「何だか、こわい」

仁子の手が下りてくると、わたしは身をかたくしてその手を制した。

「どうして？」

「映画館の暗がりでは平気だったんだけれど」

「じゃ、暗くしよう」

「そういう問題じゃなくて……あのね、わたし、ものすごーく久しぶりなの。エッチの仕方、忘れちゃってるかもしれない」

「さっきはちゃんと濡れていたよ。だいじょうぶだよ」

「でも服を脱ぐのが……恥ずかしいの。着衣のままじゃいけない？」

「わたしはかおりさんのからだが見たい」

「どうしても？」

「どうしても」

こんなに真剣な眼差しで誰かに見つめられたことがかつてあっただろうか。わたしはこの目にふさわしいからだをしているだろうか。この日のために、いざというときのために、シェイプアップをしてこなかった自分が心から恥ずかしかった。恋は病気と同じだ。いつかかってしまうか、まったくわかったものではない。

「いいわ。でも、がっかりしないでね」

わたしは自分からシャツのボタンをはずした。キャミソールを脱ぎ、ブラジャーのホックをはずして乳房を見せた。仁子は深いため息をついた。

「こんなにきれいなのに……何年も誰にも見せないなんて、もったいないことを……」

見られているだけで濡れてきた。わたしはストッキングを脱ぎ、スカートのホックに仁子の手を導いた。スカートを脱がせるとき、仁子にはわたしのお腹《なか》の疵《きず》が目に入ったはずだが、何も訊かなかった。美しい彫像をなぞるかのように指でなぞり、いとしげに頰ずりして、何度も舐めた。まるで舐めれば疵が消えるとでもいうように。わたしのからだに刻まれた十字架が、仁子のやさしい舌で慰撫《いぶ》されたかのようだった。


わたしはこれまで一度たりとも激情に身を任せたことがない。我を忘れたことがない。人には何も求めず何も期待せず油断しないで生きてきた。誰かと全裸で朝まで眠ったことがない。ベッドのなかで大きな声を上げたことがない。人につけ込まれたりつけ込んだりすることを何よりもおそれて生きてきた。水のように静かに淡々と生きてきた。人につけ込まれたりつけ込んだりすることを何よりもおそれて生きてきた。何かに溺《おぼ》れてなりふりかまわなくなることは最もみっともないことだった。ひとりで夢も見ないで眠ることに慣れすぎていた。こうしてひっそりと枯れてゆくことがわたしの人生だった。

仁子と一夜を過ごしたあとでは、この地道でささやかな軌道が少しだけ、ほんの少しだけ、ずれてしまったような気がする。からだの節々に肉体的な疲労が残っていることを感じながらわたしはうっすらと目を開けた。

仁子がわたしを見つめている。ああそれでは、ゆうべのことは夢ではなかったのだ。わたしの感覚がまだ死に絶えてはいないことを、生身の女であることを、このひとはいやというほど思い知らせてくれた。わたしは感謝の気持ちでいっぱいになって、ありがとうと言おうと思ったが、やはり朝なのでおはようと言った。でも照れ臭くてきちんと発音できなかった。

「おはよう。かおりさんって、すごく寝相がいいんだね。全然動かないし、寝息もほとんど立てないから、死んでるんじゃないかと思って心配になっちゃった」

「本当に？　そんなこと自分じゃわからなかった」

わたしはそっと仁子の頰っぺたを触った。目が覚めたときに隣に人がいるなんて、ずいぶん久しぶりのことだったから、うまく現実感がつかめなかったのだ。

「でも、ゆうべはたくさん声を出してたね」

「やだ、恥ずかしい」

「セックスのときに大きな声を出す女ってさ、自我が強いんだって」

「何それ。白い猫がばかだっていうのと同じくらい根拠のない話じゃないの」

「でもアマントはばかだし、かおりさんは自我が強いでしょ」

「わたし、そんなに自我が強いかなあ？」

「社食の厨房から見てるとね、その人の社内的立場がよくわかるんだよ。かおりさんは男の人たちにかなりこわがられているよ」

まさか起きぬけにそんなことを言われるとは思わなかった。わたしは仁子の頬っぺたをぎゅっとつねった。

「だってあいつら、仕事できないんだもん」

「ほらほら、こわい女史の顔になった。ゆうべはすごくかわいい顔で歌ってたのにねえ」

「仁太はそういう顔のときのわたしを好きになったんじゃないの？」

「ちがうよ。肉じゃがを食べ損ねてがっかりしてた顔が子供みたいでかわいいひとだなあって思ったの。普段のイメージとあまりにもギャップがありすぎて、それから目が離せなくなった」

「何よ、仁太のほうが子供のくせに。ちょっとませてはいるけれど」

仁子は身を翻《ひるがえ》してするするとわたしの腋《わき》の下にもぐり込んできた。小さな頭がぴったりとわたしの鎖骨におさまる。やわらかい手のひらがわたしの乳房を包み込むのに手頃な大きさだ。わたしたちのからだは互いのために誂《あつら》えたかのようにサイズも質感もちょうどいい。わたしは目を閉じてゆうべの名残を愉《たの》しんだ。

そのとき、アマントがベッドの下からフニーと鳴いた。ごはんを催促しているのか、それとも嫉妬しているのか。一晩中軋《きし》むベッドの下にいて、さぞやご機嫌ななめだろう。

「かおりさんはアマントにごはんをあげて。わたしはお布団を干すからさ」

仁子が未練もなくカーテンを引くと、朝の光が部屋のすみずみにまで流れ込んできた。部屋じゅうに立ちこめていた性愛の気配が消えていく。わたしはそれを留めようとして目を瞑《つむ》る。でも眩しすぎる光の粒子がチカチカと点滅を繰り返すだけだ。仁子がシャツを投げてよこす。アマントが鳴き、仁子が笑う。わたしはふいにめまいする。

このようにしてわたしたちの生活ははじまったのだった。

食費と光熱費は折半したが、わたしは家賃は取らなかった。そのかわり仁子は食事を作ってくれた。調理師だけでなく栄養士の資格ももつ仁子は安価でバランスの取れた食事を作るプロだったので、仕事が忙しくてほとんど毎日外食かコンビニ弁当ですませていたわたしはとても助かった。洗濯と掃除は休日にふたりでやった。

仁子の荷物は驚くほど少なかった。ほとんどスーツケースひとつぶんくらいしかなかった。その大半は料理の本で、女の子にしては珍しいくらい服というものを持っていないひとだった。気に入りのチェックのボタンダウンシャツとチノパンでどこにでも出かけていった。いつも同じのを着てるので、

「わたしの服、どれでも好きなの着ていいよ」

と言ってやっても、

「サイズはあうけど、趣味があわない」

と言って見もしない。新しい服を買ってやろうとデパートに連れて行くと、結局いつも似たようなチェックのボタンダウンシャツを選ぶのだ。それよりも地下の食品売り場で変わった食材を見て歩くほうがはるかに楽しそうだった。誕生日のプレゼントには料理の本や圧力鍋やパスタマシンを欲しがった。間違ってもティファニーのアクセサリーなど欲しがらないひとだった。


一緒に暮らしはじめてからまもなくして、仁子は職場を変わった。いくつかの企業の社員食堂を管理運営する会社から派遣で来ていたので、受け持ちが変わったらしい。

「今の仕事は気に入ってるの？」

「うん。わたし、大勢の人のためにごはんを作ってあげることが好きみたい。毎日が合宿所みたいだし。ローテーションで野菜を切るだけの一日もあるけど、それはそれで気持ちがからっぽになって楽しいよ」


仁子は会社から正社員にならないかと誘われているらしいが、断っているようだ。できるだけ少ない荷物でいざというときに動きやすくしておく、というのが、仁子の生き方のポリシーであるように思われた。束縛を嫌い、何よりも自由を求める。行きたいところに行って、住みたいところに住む。好きになったら男でも女でも関係ない。これが仁子だった。わたしは彼女のそういう潔《いさぎよ》いところが好きだった。

仁子はいついなくなってしまうかわからない、猫のような女だった。ふらりと住み着いた以上、ふらりといなくなっても不思議はない。ある日会社から帰ったら仁子の姿が消えているのではないかと、わたしはつねにおそれていた。家の前まで来て灯《あか》りがついているのを見ると、ああ今日もいてくれたのだと胸をなでおろした。

仁子のほうの帰りが遅いときには、ちゃんと帰ってくるか不安でたまらず、何も手につかなくなる。朝帰りなどされると一睡もできない。どこへ行っていたのかと訊くこともこわくてできない。訊いたら仁子を失いそうで、喉元まで出かかった言葉を呑んでしまう。

「終電逃しちゃって、カラオケで時間つぶしてた」

朝食の席でいつも仁子は自分から説明する。

「あ、そう」

それでおしまい。いつもそうだった。何はともあれ仁子がこの家に帰ってきてくれるだけでわたしは満足だった。いつかいなくなるだろうことがわかっているから、いてくれるあいだだけは、うんと可愛がってやさしくしてやろうと思っていた。

わたしたちはほとんどケンカというものをしなかった。九つも年が離れていると、たいていのことは許すしかなくなる。自分が彼女の年だったとき、朝まで酒を飲むことはいくらでもあったし、電話したくてもできない状況になってしまうことも時にはあっただろう。そんなことでいちいち同居人にとやかく言われたくない気持ちもわかる。わかりすぎるほどよくわかる。

因果はめぐるって本当だ。わたしが仁子の年だったとき、まだ二十代で人生が色褪せていなかったとき、鏡を一日に何度ものぞいていたとき、よく食べてよく泣いてよく笑っていたとき、花も酒も歌も身のまわりにあふれていたとき、夜寝る前に友達の数を数えていたとき、全力疾走ができたとき、わたしがまだ生まれたままのわたしであったとき、わたしは中原中也の好きな年上の女性と絶望的な恋をしていた。彼女とこの家で暮らしはじめたが、わたしは頻繁に夜遊びをして彼女を苦しませたものだった。

朝帰りをしても、彼女は決してわたしを責めなかった。わたしが何をしても、どんなひどいことを言っても、怒った顔を見たことがない。ただ何となく、肌を触れ合わせることがなくなっていった。夜の仕事をしているひとだったので、生活時間帯にずれもあり、ついには別々の布団で眠るようになった。今にして思えば、素直に彼女の布団に入っていけばよかったのだ。彼女の寝室のドアを開けて彼女を抱きに行っていれば、彼女の体温を忘れてつまらないあやまちを犯すこともなかっただろう。

でもわたしにはどうしてもそのドアを開けることができなかった。鍵はかかっていなかったことをわたしは知っていた。彼女が本当は待っていたことも。わたしはひねくれた、さびしい人間だった。無限のやさしさの底に垣間見える他人行儀な冷たさばかりを嗅ぎ分けて、卑しい人間になっていった。

その一枚のドアは、わたしと彼女とを決定的に分断することになった。わたしの夜遊びはますます激しくなった。彼女の体温を忘れるとわたしはモラルも忘れて、好きでもない相手と無意味なセックスを繰り返すようになった。男とも寝たし、女とも寝た。一枚のドアを壊せなかったばかりに、わたしは自分自身を壊すほかなかったのかもしれない。そしてわたしはある日無意味な妊娠をしていることに気がついた。

彼女に知られることなく処理するつもりだったが、天罰が下った。わたしは子宮外妊娠をしてしまったのである。今すぐ腹を切って胎児を摘出しなければ命にかかわると言われた。やがて事態は彼女の知るところとなった。

手術のあとで麻酔から醒めると、枕もとに彼女が座っていた。何の感情もない顔をして、

「男も女も愛せるなんて、不潔だわ」

と言った。

そうではないのだと、愛ではないのだと、言うだけは言ってみるべきだったのに、わたしは何も言えなかった。その言葉を腹の中で嚙みしめ、耐えた。わたしが彼女におこなった仕打ちのなかで、このときの沈黙が最も重い罪だったのだということに気づいたのは、何年もたってからだった。

彼女はそれだけ言うと、コートを羽織って出て行った。窓から小雪がちらついているのが見えた。泣こうとしたが、どうしても涙が出なかった。

退院して家に戻ると彼女の荷物がきれいになくなっていた。彼女の部屋には鳴きすぎて声のつぶれたアマントと、中原中也の詩集が残されているだけだった。そのときからわたしは鏡を見なくなった。友達の数を数えなくなった。そして仁子に出会うまで、人を恋することもなくなった。

わたしは彼女を愛していたのだろうか。彼女はわたしを愛していたのだろうか。今でも雨降りの夜なんかに時々考えることがある。そのことを考えるのをやめさせないために、この腹の疵があるのではないかと思うことがある。湯船のなかで疵をなぞっていると、あんなに苦しかったのに、この疵が自分を支えてくれているような気がするのだ。ある意味ではこの疵は、わたしと彼女とのゆるやかな心中のためらい傷であったとも言えるだろう。そして彼女のほうが目に見えない場所にもっと深手を負っていたに違いない。

見知らぬ男から電話がかかってきたのは、夏の終わりのことだった。仁子の不在とわたしの在宅を狙ってかけてきたようだった。

「僕、仁子にプロポーズした者です。でも断られました。あなたがいるからと断られました。それでも、どうしてもあきらめられないんです。これからも何度でもプロポーズするつもりです。今日はあなたにそれだけ言いたくて、お電話しました。僕は絶対にあきらめませんからね。いつか必ずあなたから仁子を奪ってみせますからね」

男は一方的にそれだけ言って、電話を切った。頭のおかしいストーカーに違いないと思い、仁子が帰ってくると厳重に戸締りをしてからこの話をした。

「心当たりある？」

「勤務先の社員。社食で知り合った」

「しつこくされてるの？」

仁子は微妙な表情を浮かべてわたしを見た。その一瞬でわたしは、その男がただのストーカーでないことを理解した。できればごまかしてほしいと思ったが、仁子は、

「つきあってる」

と、あっさり認めた。

「それ、どういう意味？　プロポーズされるようなつきあいなの？」

「でも断ったよ。結婚する気なんかないから」

「そのひとと寝たの？」

「うん……そうだね」

「どうして？」

まぬけな質問だと思いながら、訊かずにはいられなかった。

「どうしてかな……さびしかったからかな……よく、わかんない」

「好きになったから寝たんじゃないの？」

「違うと思う」

「好きでもない男と寝るなんて、最低」

仁子は顔色を変えてくちびるを噛んだ。仁子の目から涙がこぼれるのをわたしは初めて見た。謝られるのかと思ったが、仁子の口から出てきた言葉は弱々しい反撃だった。

「じゃあ、かおりは何？　好きでもない女と寝ることは最低なことじゃないの？」

「わたしはそんなことしてないよ」

「してる。わたしと寝てる」

わたしは痛烈なショックを受けた。そんなふうに思われていたなんて、まったく思いもかけないことだった。

「どうしてそんなひどいこと言うの？」

「ずっと、ずっと、ずっと、さびしかった。外泊しても何も訊かれない。嫉妬もされない。わたしがどんな気持ちでいたか、あなたにわかる？　無関心がどんなに残酷なものか、あなたにはわからないでしょう」

仁子は泣いていた。ああ、因果はめぐるのだ。そうではないのだと、ほんとうは気が狂うほど恋い焦がれていたのだと、なぜ言って抱きしめてやれなかったのか。仁子はさらに思いがけないことを言って追い打ちをかけた。

「かおりは、前の人を忘れられないんだよ」

「いきなり何を言い出すの？」

「アマントを溺愛することで、前の人とつながってたんだよ」

「猫は猫でしょう。変な言いがかりつけないで」

「ちがうよ。アマントは前の彼女の思い出が詰まった、特別な猫なんだよ。あなたがアマントを抱いて寝るたびに、わたしはここにいるべきじゃないって思った。同じベッドで寝てるのに、ひとりだけ置き去りにされたみたいだった」

「猫に嫉妬するなんて、ばかみたい」

「猫にじゃない。前の彼女に嫉妬してるんだよ」

言葉よりも先に、手が出た。仁子の頭を打《ぶ》ってから、わたしは自分が何をしたのかに気づいて愕然とした。そのとき、仁子はうっすらと微笑んだと思う。これまでしてくれたことに感謝する、とでも言うように、ひどくやさしい顔をしていた。

「もう一緒にはいられないね。出て行くね。大きな荷物は、あなたのいないときに取りに来るから」

「彼のところに行くの？」

「行くわけないじゃない」

「じゃあ、どこへ行くの？」

「そんなの、わかんないよ。でもわたしにも、二、三日泊めてくれる友達くらいいるから」

仁子は涙をふいて荷物をまとめた。わたしは凍りついてそれを見ていることしかできなかった。なぜ引き止めて話し合おうとしなかったのか。なぜわたしはいつもいつも肝心なところで一枚のドアを破れずに、孤独と後悔にまみれた人生を送ることになってしまうのだろうか。

仁子が出て行ってしまうと、わたしは玄関に蹲《うずくま》ったままの姿勢で一夜を過ごした。食べることも眠ることもできなかった。細い雨のように朝まで泣いた。アマントが不安そうな目でずっとわたしに寄り添っていた。

また猫の声がしたような気がする。

アマントはニャアというよりはフニャーという情けない鳴き方をするのだが、それに近い声を聞いたような気がする。日に二回、軒下に置いた皿にミルクとカリカリを満たし、わたしは今日も愛猫が戻ってくるのを待っている。

餌はいつもきれいになくなっている。このあたりのノラが目をつけて、ひそかにかよって来ているのかもしれない。わたしはまだその顔を見たことはない。何回かわたしに気づいて猛然と走り去る後ろ姿を見かけただけだ。白い猫だった。短い尻尾の形もよく似ていた。アマントではないかと、わたしの目は焦がれるようにその姿を追うのだが、逃げ足が速いので確かめることができない。

　あれから一ヶ月が過ぎようとしていた。わたしはまだ猫のことをあきらめることができなかった。仁子がさらっていったのなら、いつの日か返しに来てくれるのではないかとわたしはどこかで待っていた。あるいは面と向かって返すのが忍びなくて、この庭にこっそり放っていったかもしれない。頭の悪いアマントがうちをすぐには思い出せなかったとしても、このあたりをうろついていれば再びうちの庭に迷い込むこともあるだろう。

「ほんに別れたあのをんな、

いまごろどうしてゐるのやら。

ほんにわかれたあのをんな、

いまに帰つてくるのやら

徐《しづ》かに私は酒のんで

悔《くい》と悔とに身もそぞろ。

しづかにしづかに酒のんで

いとしおもひにそそらるる……」

　昔の恋人が残していった詩集を読みながら、ぼんやりと酒を飲む夜が増えた。会社の連中と飲みに行くことはほとんどなくなった。うまくすると閑職にまわしてもらえるかもしれない。もっとうまくするとリストラしてもらえるかもしれない。そうすればこの家の家賃も払えなくなり、ここを出て行かざるをえなくなるだろう。そうなればもう、待たなくてもいいのだ。猫も、猫のような女も。すっきりとあきらめて、身ひとつで生きていくことができるのだ。

新しいビールを取りに行こうとして腰を上げたとき、ガラス越しに猫の白い影が映っているのが見えた。耳をすますと、ポリポリと餌を食べる音がする。今日も食べに来てくれたのだ。わたしは指先に意識を集中させ、大きな音を立てないようにそーっとガラス扉を開けた。

フギャッ、と驚いて顔を上げた猫と、目があった。アマントの目は青いがこの猫の目は黄色だった。アマントには額にシミのような模様がついているが、この猫は純白だった。この猫はアマントではなかった。よく似ているが、偽者《にせもの》だった。

猫は挑むようにわたしを見つめ、逃げようか食べ続けようか迷っている様子を見せた。

「おいで」

と、わたしは偽者に言った。

「ンニャン」

猫は媚《こ》びるような声で一鳴きすると、警戒しながら近づいてきた。つまみに食べていた刺身を投げてやると、悠然と咥《くわ》えて食べてみせた。そしてもっとくれと言うように、

「オアン」

と鳴いた。わたしは皿に新しいミルクを注ぎ、モンプチゴールドを開けてやり、チーズ鱈《たら》や煮干しまでサーヴィスした。それらを全部たいらげると、猫は満足そうに前足を舐め、わたしに擦り寄って甘えた声を出した。

その柔らかい毛並みに触れたとき、わたしはたちまち興醒めして猫を追い払い、扉を閉めた。あの哀れなアマントの、みすぼらしい毛並みとおどおどした目が無性に恋しくて、胸が張り裂けそうだった。

やはりあいつでなくては駄目なのだ。かわりの猫では駄目なのだ。いつまでも待つしかないのだろうと、わたしは腹をくくってビールを飲んだ。眠ってしまうまで、夢でいとしい女に会うまで、今夜も大量のビールを飲み続けた。

燦雨（さんう）

老女がふたりで暮らす家は、海を見下ろす丘の上にあった。

こぢんまりとした洋風の平屋には、背の高い樹木に覆われた庭がついている。今や荒れ放題だが、かつてはよく丹精されていた跡が窺える。玄関には「阿部」「吉村」という表札が並び、その隣に「セールスお断り」という札が掲げられている。常夜灯はもう何年も電球を切らしたままで、取り替えられる気配がない。

この家でふたりの老女は人目を避けるようにしてひっそりと暮らしていた。来客はほとんどなく、近所づきあいもしていない。この家の呼び鈴を押すのは宅配便の業者か新聞販売店の集金人くらいのものである。庭師の姿が消えるのと時期を同じくして、新聞集金人もあらわれなくなった。この家の住人が古新聞を束ねて紐でくくり、古紙回収日に玄関口まで運ぶことが困難になってきたため、新聞を取るのをやめたのである。

外出するのは決まってひとりの老女だけだった。数年前まではもうひとりの老女を車椅子に乗せて散歩する姿がよく見かけられたが、最近ではそんなこともなくなった。老女は週に一度か二度、ショッピング・カートをひいてスーパーマーケットまで買出しに出かけた。

地区の民生委員が時折訪ねてきては様子を窺っていく。年寄りだけの女所帯ゆえ、火事でも出されては大変と、近所でもかねてから心配の種になっていたのだ。民生委員はそのたびにひんやりと追い返される。福祉の世話になりたがらない者に無理やりに手を差し伸べるわけにはいかない。

「何かお困りのことはありませんか？」

「ご心配はご無用です。どうぞかまわないでください」

「そんなこと言わないで、おばあちゃん。何か手助けが必要なときにはいつでもここにお電話くださいね。待ってますからね」

　この女の名刺を受け取るのは確か五回目だと思いながら、ゆき乃《の》は丁寧に頭を下げた。ぼけていると思っているのか。年寄りだからといってひとくくりに「おばあちゃん」と呼ばれるのも気に入らない。自分だって「おばさん」と呼ばれたくはないだろう。

「ねえ、おばあちゃんには子供さんはいらっしゃらないの？」

「おりますよ。九人産みましたの。みんないい子ですよ」

「もうひとりのおばあちゃんには？」

「おりますとも。あちらはね、七人」

「子供さんたちはお近くにはいらっしゃらないの？」

「そうなんですの」

「お近くにご親戚とかはないのかしら？」

「まだまだ人様にご迷惑はおかけしません。どうぞお帰りください」

とりつくしまがない。ひとこと言うたびに、水につけたレタスのようにシャキッとした張りのある声が返ってくる。頑なで、毅然として、体も頭もしっかりとしている。これならまだしばらくは大丈夫だろうと、民生委員はあきらめて言われるままに引き上げていく。

「うそつき。あたし子供なんか産んだ覚えありませんよ」

伊都子《いつこ》がベッドから声をかける。ゆき乃はフッ、フッ、フッ、と笑っている。

「帰った帰った。ざまあみろだわ」

「いつもの人ね」

「そうなの。しつこいの」

「今度来たら、ぼけたふりでもしてやったら？」

「だめだめ。本気にして、施設に連れていかれるわ。あの人たち、あたしたちのこと引き離したくてたまんないんだもの」

「いいじゃない。そしたらゆきちゃん、心おきなく芳之《よしゆき》ちゃんのとこ行けるじゃない。あたしだってこんな婆さんに世話してもらうよりか、若いおねえちゃんにおむつ取り替えてもらうほうが楽しいわ」

「ばかなこと言わないで。わがままないっちゃんが施設なんかで暮らせるわけないでしょう。あたしもわがままだから、あの子のお嫁さんと同居なんてまっぴら」

「芳之ちゃんが選んだ人だもの。きっといい人よ」

「もうこの話はおしまい。おやつにしましょう」

寝たきりになってからというもの、伊都子は何かというとこの話を持ち出す。全面的にゆき乃に負担をかけていることが心苦しくてたまらないのだ。時々わざと憎まれ口をたたいて愛想を尽かされてやろうと思うのだが、ゆき乃には伊都子の考えていることとくらい手に取るようにわかってしまうので、愛想が尽きるどころかこの年になっても愛は深まるばかりである。死ぬまでふたりで寄り添って、枯れ木がゆっくりと朽ち果てるように命が終わればいいと、ゆき乃は願っている。

だが伊都子の願いは一日も早くお迎えがきて、ゆき乃を自由にしてやりたいということだけだった。それなのにこの残酷な高齢化社会では、七十歳ならまだまだと言われる。愛する者に下《しも》の世話をさせ、恥にまみれた姿を晒してでも、生きよと言われる。今日も、明日も、あさっても、たぶん死なない。来週も、来月も、生きているだろう。こんなになってもずるずると生き続けなくてはならないことに、伊都子は心底から倦み疲れ果てていた。

伊都子が三年前に脳出血で倒れ、右半身が麻痺になったとき、ゆき乃は一瞬ほっとしたような気持ちがしたことを覚えている。これでやっと伊都子が自分だけのものになり、長年のあいだ苦しめられてきた嫉妬の業苦から解放されると思ったのだ。伊都子六十八歳、ゆき乃六十五歳のときのことである。ふたりが一緒に暮らしはじめてから二十五年目の出来事だった。

高校の美術教師を定年退職し、自宅で子供のための絵画教室を開いていた伊都子は冬の寒い朝にトイレで倒れ、病院に運ばれた。はじめのうちは声も出せず、何を見せられても反応しないといった状態が続いて、ゆき乃をひどく心配させた。

「半身麻痺は一生残るでしょう。今はかるい失語症にかかっていますが、リハビリのがんばり次第では言葉のほうは回復できるかもしれません」

と医師に言われたとき、ゆき乃は伊都子の命まで奪っていかなかった神に感謝して涙を流した。どんな体になっても生きていてくれさえすればいいと思った。

「これからはあたしがいっちゃんの半身になるわ。片時も離れずそばにいるわね。だから、あたしよりも先に死んではだめよ。一日でも、一時間でも、一分でもいいから、あたしより長生きしてね」

そう言って伊都子の麻痺していないほうの手を握りしめると、伊都子のほうでも弱々しく握りかえしてきた。その瞬間からゆき乃の生活は一変した。すべてにおいて伊都子の介助が優先される日々のはじまりだった。

十日間ほどを集中治療室で過ごし、容態が安定して一般病室に移されると、精力的なリハビリがはじまった。理学療法、作業療法、言語療法。失語症は克服できたが、杖や補装具だけで生活できる見込みはなく、車椅子は手放せそうになかった。

三ヶ月に及ぶ入院生活のあいだ、ゆき乃は一日も欠かさず病院にかよって伊都子に付き添い、苦しいリハビリを励ました。ふたりの姿を見てベテランの婦長が、

「おふたりはまるで仲のいいご夫婦のようですね。肉親でもなかなかここまではできませんよ」

と感嘆するほどだった。

ふたりとも年金生活者だったので、入院中も退院後もゆき乃が心ゆくまで伊都子の面倒を見ることができた。車椅子生活になった伊都子のために、ゆき乃は家じゅうのリフォームをおこなった。段差をなくしてバリアフリーにし、風呂場やトイレに手すりを設置した。

その頃はまだ、日常生活の基本的なことは、ゆっくりと時間をかければ伊都子ひとりでおこなうことができた。食事を作ったり掃除をしたり洗濯物を干したり買い物に行ったりするのはゆき乃に頼らなくてはならなかったが、杖や手すりを使えばトイレに入ることもお風呂に入ることもできた。以前のように絵筆を取ることはなくなったが、少しずつパソコンのキーボードも打てるようになった。気分のいいときにはゆき乃に車椅子を押してもらって、美術館へ出かけたりもした。

あの頃が一番幸せだったかもしれないと、ゆき乃は思う。伊都子が毎日そばにいてくれ

て、自分を必要としてくれた。伊都子の目はほかの女を見ることはなかった。ダブルベッドで一緒に眠り、健側《けんがわ》の手で愛撫してくれることもあった。

だがその幸福は長くは続かなかった。七十歳の誕生日を二週間後に控えたある夜、伊都子は再出血して生死の境をさまよった。意識が戻ったとき、半身麻痺は全身麻痺になっていた。左手がわずかに動くだけだった。

このときもゆき乃は神に感謝した。

「いっちゃん、ありがとう。生きていてくれて、ありがとう。あたしをひとりぼっちにしないでくれて、ほんとうにありがとうね」

このようにして、伊都子は寝たきりになったのだった。

伊都子が一から十までゆき乃を必要としなければならなくなったことは、ゆき乃に大きな使命感と喜びを与えた。服を着たり脱いだりすることもひとりではできない。唇の感覚がないので食べ物がぼろぼろとこぼれ落ち、よだれかけは欠かせない。スプーンを握る握力もないので一口ずつ運んでやらなくてはならない。風呂場まで抱きかかえていく力がゆき乃にはないので、ベッドで体を拭いてやる。ケリーパッドを使って洗髪するやり方もすっかり慣れた。

最大の問題はトイレだった。立ち上がることもできず、座ったままの姿勢を維持することもかなわないとあっては、排泄はし尿器に頼るほかなかった。ズボンと下着を脱がせてもらい、排泄したあとはトイレットペーパーで拭いてもらう必要があった。はじめのうち、伊都子はゆき乃にそんなことをさせるのが忍びなくて、ぎりぎりまで尿意を伝えることができず、お漏らしして泣いてしまうこともあった。

オシッコよりも厄介なのはウンチで、伊都子は若いうちから頑固な便秘に悩まされていた。なかなか出ないウンチを、おなかをさすったり、肛門を押したりして刺激を与える。

「ほら、いっちゃん、もう少しふんばって。先端がもうのぞいてるのよ。ね、もうちょっとだから、がんばって」

腸の働きが弱まり、存分に腹に力を入れることのできない伊都子は真っ赤な顔をしてうめいている。半分出かかって宙ぶらりんになったウンチを、ゆき乃が指で掻《か》き出してやることもよくあった。

「いっぱい出て、よかったねー」

そんなとき、伊都子は羞恥のために涙ぐんで、ゆき乃の顔をまともに見ることができない。情けなくて、恥ずかしくて、有り難くて、いつも心の中で手を合わせている。

「ゆきちゃんに見捨てられたら、あたしはすぐに死んじゃうわね」

「見捨てないわよ。最後まで」

「ゆきちゃん、貧乏くじ引いちゃったね」

「そんなふうに思ってないわ」

「あのとき、選ぶ相手を間違えたわね」

「いいかげんにして。あたしはあなたと誰かを天秤にかけて選んだんじゃない。悩みはしたけど、迷いはなかった。これっぽっちも。あたしたちが一緒になることは最初から決まっていたことだったのよ。だからいっちゃんは堂々とあたしに世話をさせればいいの。そんな卑屈なこと言わないでちょうだい」

「……ごめんなさい」

素直に謝られると、かえってゆき乃はせつなくなってしまう。元気な頃はケンカをしても、決して伊都子は自分のほうからは謝らなかった。あきらかに伊都子のほうが悪くても、いつもゆき乃から仲直りのきっかけを作ってやった。教師をしていたくせに伊都子には子供っぽいところがあり、ゆき乃はいつも亭主関白の旦那さまをもったような気持ちにさせられるのだった。

それでも惚れていたから、どんなにわがままを言われても、教え子の女生徒と浮き名を流されても、離れることはできなかった。伊都子の心はゆき乃にあり、どうしようもなくゆき乃に惚れきっていることはわかりすぎるほどわかっていた。二十八年間、その確信は揺らぐことはなかった。

出会ったその日からふたりは互いに互いを切実に必要として生きてきた。四十歳でそのような相手に出会ってしまったことを、ゆき乃は神に呪ったこともある。すでにゆき乃には家庭があり、もうひとつの人生があるかもしれないと夢想することはそれだけで罪深いことだったからだ。

「爪《つめ》がのびてるわ。切ってあげるわね」

すっかり硬くなってしまった伊都子の爪を、お湯に浸してやわらかくしてから切りはじめる。爪を切るたびにゆき乃は、初めて伊都子と会った日のことを思い出す。そのたび鼻先にかすかに雨と珈琲と絵の具の匂いがよみがえる。それは二十八年たった今でもゆき乃の胸を甘く締めつけるのだ。

一九七三年といえば、パブロ・ピカソが死んだ年だ。石油危機があり、金大中事件があり、ベトナム和平協定があった。『日本沈没』がベストセラーになり、山口百恵がデビューした。その年にふたりは学校の美術室で初めて顔をあわせたのである。

ゆき乃には芳之というひとり息子がいる。きわめて大人しい性格の子で、子供の頃から一度も問題を起こしたことはないのだが、その子が授業中に教師に暴力を振るったという。相手は女の先生と聞いて、ゆき乃は腰がぬけるほどびっくりした。担任教師からの報告によれば、それは美術の時間の出来事で、私語を注意された芳之が突然机を蹴飛ばして先生に向かっていき、大声で喚《わめ》きながら殴りつけたらしい。あのやさしい息子がそんなことをするなんて、とても信じられなかった。夫は出張中で連絡が取れなかった。取るものも取りあえず、ゆき乃はふるえながら学校へお詫びに駆けつけた。

阿部先生なら美術室にいると教えられ、場所を訊いておそるおそるドアをノックすると、どうぞ、という低めの声が聞こえた。ゆき乃は深呼吸してドアを開けた。阿部先生は背中を向けて煙草を吸いながら窓の外を眺めていた。窓際に置かれたトランジスタ・ラジオからカーペンターズが流れていた。

「吉村芳之の母でございます。このたびは息子がとんでもないことをいたしまして、申し訳ございませんでしたッ」

深く深く頭を下げる。阿部先生はゆっくりとゆき乃を振り返り、落ち着いた声で、

「よく降りますね」

と言った。ゆき乃が顔を上げると、先生はにっこりと微笑んで椅子を勧めた。

「珈琲でもいかがですか？」

「いいえ、わたくしは」

「この珈琲おいしいんですよ。嫌いでなければ、どうぞ。今日は寒いですから」

「は、はい。ありがとうございます」

もっと若い先生かと思っていたのに、自分と同年配であることにゆき乃は意外な感じを覚えた。先生のきれいな顔には目のまわりに痣《あざ》ができ、くちびるが切れて血が滲んでいる。

本当にこれは息子がやったのだろうか。

「親が言うのも何ですが、芳之はとてもやさしい子で、これまで一度も人様に手を上げたことはございません。私語を注意されたくらいでどうしてこんなことになったのか、わたしにはどうしてもわからないんです。何かほかに原因でもあったのでしょうか？」

先生は珈琲を一口啜って、けだるそうに煙を吐いた。

「これは誰にも言っていないことですが、原因はありました」

「どういうことでしょうか？」

「ガールフレンドのことで、わたしを恨んでいたんです」

「ガールフレンドって、芳之にそんな子がいたんでしょうか？」

「わたしが顧問をしている美術部の生徒です。彼女が言うには何度か映画に行ったり、コンサートに行ったりする程度のつきあいだったそうですが」

「そうですか。それは知りませんでした」

「で、その彼女がですね、ほかに好きな人ができたからもうつきあえないと芳之くんに言ったらしいんですね」

「まあ、ふられちゃったんですか」

「ええ。かわいい子って残酷ですからね。そのときにわたしの名前を出したそうなんです」

「は？　あの……つまり、その女生徒が好きになった相手というのは、先生なんですか？」

「そういうことです」

「あら、まあ」

　ゆき乃は改めて先生の顔を眺めずにはいられなかった。そういう目で眺めてみれば、この先生は女生徒に慕われそうな雰囲気をもっている。あまり先生っぽくなくて、服の着こなしがさりげなくカッコよくて、立ち居振舞いがどことなく優雅なのだ。クールで、アンニュイで、超然としているところがある。その女生徒が芳之をふってこの先生に夢中になるのも無理はないとゆき乃は思った。こんな先生と比べられる芳之はむしろ気の毒だと言うべきだろう。

「ご迷惑をおかけしました。どうぞ停学にでも退学にでもしてやってください」

「いいえ。本人がちゃんと謝りに来てくれましたから、そんな大げさなことにするつもりはありません。親を呼ぶ必要なんかないって言ったんですけどね、担任が大騒ぎしてしまって。お母さんもどうか気にしないでください」

　お母さんと呼ばれたことで、ゆき乃は少しだけ傷ついている自分に気がついた。今までそんなふうに感じたことは一度もないのに。

「でも、我が子を退学にしてやってくれなんて言う母親も珍しいですね」

　先生は笑って煙草に火をつけ、目を細めておいしそうにふかした。ゆき乃はその大きな手を眺め、細長い指を眺め、完璧な形の爪を眺めて、胸の奥底がかすかに揺れるようなざわめきを覚えた。血のように紅いマニキュアを先生の爪に塗ってみたくてたまらなくなって、急にどきどきしてくるのを感じた。

「この珈琲、ほんとうにおいしいですね」

「もう一杯いかがですか？」

「いただきます。豆はどこで買うんですか？」

「横浜の専門店でいつも」

「あら、それなら通り道だわ。帰りに買っていこうかしら」

「わたし車なので、お送りしましょうか。そろそろ切らす頃だからどうせ行かなきゃいけないんです」

「えっ、そんな……申し訳ないです」

「このへんのバス、雨の日はすごく遅れるんですよ。ご遠慮なく」

そのとき、ひとりの女生徒がノックもしないで顔を出し、甘えるような声で、

「伊都子先生、まだ帰んないの？」

と言った。

「こら、来客中」

「じゃ待ってる。一緒に帰ろ」

「用事あるから」

「用事が終わるまで待ってる」

「いいから一人で帰りなさい」

女生徒は不服そうに口を尖《とが》らせ、ゆき乃の全身をじろじろと眺めまわした。阿部先生がこの部屋で珈琲をふるまうのは特別に気に入った人間だけだと知っていたからだ。

ゆき乃にはこの子が例の女生徒だということはすぐにわかった。芳之が熱を上げるのもわかる、はっとするような美少女だった。少女は泣きそうな顔で先生を見つめ、ゆき乃を冷たく睨みつけてから、部屋を出て行った。

「あの子ですね？」

「ええ。芳之くんだけじゃなくて、学校じゅうの男子生徒があの子に夢中です。だからあの子が卒業するまで、わたしは生傷が絶えないかもしれませんね」

「先生はどうなんです？　つまりその……先生もあの子を？」

「車の中で話しましょうか」

先生の車は赤いスポーツカーだった。こんな車に乗っているから女生徒に追いかけまわされてしまうんだ、と思いながらゆき乃は助手席に乗り込んだ。車の中は芳香剤の匂いではなく、香水の匂いがした。ゆき乃の使っているものほど女っぽくはなく、かといって男っぽいというわけでもない、それは微妙な匂いだった。

車を発進させるとき、さきほどの女生徒が傘もささずに駐車場の片隅に佇《たたず》んでいるのがバックミラーから見えた。先生はそれを見ても顔色ひとつ変えなかった。ゆき乃には女生徒が泣いているのがわかった。彼女の痛みがまるで自分の痛みのように感じられて、ゆき乃は胸がつぶれそうになった。

「わたし、遅刻の常習犯なんですよ。運動会とか水泳大会とか、平気ですっぽかしちゃうし、二日酔いだとすぐ自習にしてしまう。わりと問題のある教師なんです」

「でも、そういう先生のほうが人間的で、生徒に人気があるんじゃないかしら」

「えこひいきしちゃうんですよね。つくづく向いてないなって思います」

「母親だって自分がおなか痛めた子供のこと、えこひいきしますよ。うちの親がそうでした」

そつなくフォローしながら、ゆき乃は知らず知らずのうちに先生の爪を見つめてしまう。近くで見ると爪の中には色とりどりの絵の具の飛沫が染みこんでいた。

「さっきの生徒の肖像画を描いたことがあるんです」

先生はふいに話題を戻した。

「ああ、きれいですものね」

「毎日放課後に一時間ずつ描かせてもらって、描き終えた頃には特別な感情が芽生えていました」

「恋愛感情？」

「それに似たもの。似てるけど違うもの。次はヌードを描いてと言われて、毎週日曜日に描くことにしました。描き終えたとき、その特別な感情はなくなっていたんです」

「すっかり描いてしまったから？」

「おそらく」

「でも、彼女はそうではなかった」

「かわいそうですが、わたしはいつもそうなんです。着衣で描くとヌードで描きたくなり、描いてしまうと興味がなくなる」

「そうですね。それはモデルにとってはかわいそうなことかもしれませんね」

「描いても描いても足りなくて、もっと描きたくなるモデルをずっと探しているんですが」

ワイパーがせっせと雨粒を散らすのを、ゆき乃は息をつめて眺めていた。自分を描いてほしい、とつよく思い、同時に、描いてほしくはないと思った。なぜそんなことを言ってしまったのか、ゆき乃にはわからない。よかったら肖像画を描かせてもらえませんか、と阿部伊都子に言われたとき、吉村ゆき乃は彼女の左手の爪を見つめながらこう言ったのだ。

「永遠に描き終わらないなら、いいですよ」

それが夢のような申し出であったことにゆき乃が気づいたのは、引き受けてしまったあとだった。ともかくこのようにしてふたりははじまったのである。土曜か日曜の午後、伊都子の自宅のアトリエへかようことになった。

　ゆき乃は週末が楽しみでならなかった。前の晩はわくわくして眠れないほどで、そんな高揚した気分を味わうのは結婚してから初めてのことだった。見合いで結ばれた夫との結婚生活はゆき乃にとって義務を果たすような日々だった。企業戦士の夫はほとんど家にいることはなく、ゆき乃には息子の芳之しか話し相手がいなかった。息子が中学に入る頃には会話も少なくなって。気を紛らせるために結婚前にしていた和裁の仕立てをするようになった。外に出て働くことは夫が許さなかったのだ。

　アトリエでふたりはいろんな話をした。絵の話、映画の話、本の話、学校の話、伊都子の恋愛遍歴。でもゆき乃の家庭の話はふたりとも自然に避けていた。伊都子と話しているとゆき乃は時のたつのを忘れ、心から寛《くつろ》ぐことができた。息子の学校の先生であることを忘れてしまいそうになるほどだった。家で主婦をしている自分の姿より、伊都子に見つめられ伊都子とおしゃべりしている自分のほうがほんとうの自分なのだとゆき乃は思った。

　伊都子は必要以上にゆっくりと描いているようだったが、もちろん永遠に描き終わらない絵などあるはずもなく、着衣の一枚は秋から冬にかけて舐めるように完成された。その絵を見たとき、ゆき乃はもうひとつの人生で輝いているはずの自分の姿がはっきりと写し出されているのを発見したのである。

「わたし……こんなにきれいじゃないわ」

「ほんとうはもっときれいなのよ。わたしの腕ではあなたの美を描き切ることができなかった。あなたはいろんな表情をもっていて、一瞬ごとに顔が変わるの。それを全部描いてみたい。ひとつ残らずわたしが描いて、あなたがこんなにきれいなんだってことを暴《あば》いてあげたい。ゆき乃さん、描かせてくれる？」

ああ、自分は今、痺れるような幸福を味わっている、とゆき乃は思った。眼差しと言葉だけで天国に連れていかれることもあるのだと、ゆき乃はこの年になって初めて知った。

「いいわ。伊都子さんが飽きるまで描いてくださいな」

「じゃあ、その邪魔な服を脱いでもらってもいいかしら」

ゆき乃が恥じらっていると、伊都子の手が伸びてきて、服を脱がせ、ポーズを取らせた。伊都子は四十歳の女を十四歳の少女に変える魔術師だった。ゆき乃は伊都子の前で裸体を晒しながら、その燃える目ですべてのアイデンティティを剝《は》ぎ取られていった。妻であることも母であることも忘れ、帰るべき家があることも忘れ、今夜の家族の夕食のことを忘れた。夫に女がいることも、愛情のない夫婦生活も、家のローンも、町内会も、ＰＴＡも、親戚づきあいも、全部忘れた。ただのひとりの女へ、そして女になる前の少女へ、伊都子の眼差しに守られながら、ゆっくりと戻っていった。

「ゆき乃さん……泣いてるの？　どうしたの？」

伊都子が絵筆を止めてゆき乃に声をかけた。

「こわいの……お願い、いつまでも描き終わらないで……ずっとあたしを見つめていて……」

伊都子が近づいてきて、ゆき乃を抱きしめ、くちびるを吸った。生まれて初めてキスをされたような気がして、ゆき乃はふるえながら伊都子にしがみついていった。そのときから、ゆき乃のもうひとつの人生が幕を開けたのだった。

伊都子の肌を知ってしまうと、ゆき乃はもう離れることはできないと思った。セックスがこんなにも気持ちのいいものだったなんて、ゆき乃はまったく知らなかったのだ。これまで夫しか男を知らず、ゆき乃はただ痛みしか感じなかった。それでも子供ができるまでは妻の務めだと思って耐えてきた。少しも歓《よろこ》ばないゆき乃に夫は不満を募らせ、

「おまえはつまらない女だ」

と言って、外に女を作るようになった。離婚したいと思っても、子供のことを考えて我慢してきた。自分の結婚は失敗だった。でも、芳之を授かったことには感謝している。伊都子とのことを夫に話すつもりはなかったが、芳之にだけはいつか本当のことを話さなければならないとゆき乃は考えていた。

ゆき乃の肖像画は何枚も何枚も描き続けられた。描いても描いてもゆき乃の内面から溢れてくる美はとめどがなかった。描けば描くほどゆき乃は美しくなっていくようだった。アトリエで会えば抱き合わずにはいられず、伊都子はゆき乃の体液を絵の具に混ぜて色を

つくり、描いたあとでもう一度名残を惜しむかのように抱き合った。ゆき乃が家庭に帰っていくときには、伊都子は幼な子のように頼りない口元をしているのだった。

「絵のモデルだけじゃなくて、わたしのパートナーになってくれませんか」

十枚目の肖像画を描きあげたとき、伊都子は給料の三ヶ月ぶんをはたいて買った指輪を恭《うやうや》しくゆき乃に差し出した。ゆき乃は、

「わかりました」

と即答して、その場で結婚指輪をはずしてみせた。そして右手の薬指に新しい指輪を嵌《は》めて、ありがとう、と何度も言った。

翌日、ゆき乃は小さなボストンバッグひとつで引っ越してきた。目が腫《は》れて、顔には殴られた跡があったが、すっきりとした表情をしていた。正式に離婚が成立するまでには三年近くかかった。夫にどんなひどい中傷や脅迫をされても、息子の芳之が、

「母さんの好きなように生きなよ」

と言ってくれたことで救われた。

母親の恋の相手が自分の学校の女教師だと知っても、芳之はなじったり、冷ややかな目で見たりはしなかった。複雑な世界のなりたちを彼は彼なりに理解しようと努め、理解が及ばないときには、ありのままを受け入れようと努めてくれた。

学校の廊下で伊都子とすれ違っても芳之は無視し続けたが、卒業式のとき、裏門に伊都

子を呼び出して言った。

「母のことよろしくお願いします。もし不幸にしたら、もう一度先生のこと殴りに行きますからね」

芳之は札幌の大学に進み、その地で就職して、結婚した。母と子は息子の結婚式まで会うことはなかった。ただ年に一度、ゆき乃の誕生日に、札幌から好物の蟹を送ってよこした。それだけが親子の絆を確認するたったひとつの儀式でもあるかのように、蟹は毎年欠かさず送られ続けた。


伊都子が寝たきりになってから最初の夏がやって来た。

記録的な猛暑が続き、エアコンが飛ぶように売れた夏である。十年前に買い換えたエアコンはいくら温度を下げても涼しくならず、伊都子の首すじや背中には夥《おびただ》しいあせもができた。フィルターを掃除しようとして椅子に登り腕をのばした途端、よろめいて椅子から転げ落ち、ゆき乃は足首を捻挫してしまった。七十一歳の老女を六十八歳の老女が誰の世話にもならず介護するのはやはり無理なのかと、ゆき乃は先行きに不安を覚えた。

寝たきりになってからは床ずれができないよう、ゆき乃が数時間おきに体の向きを変えてやっていたが、介護の疲れが腰にきているゆき乃にとっては清拭《せいしき》はきつい作業なので、日に何度も体を拭いてやるわけにはいかない。伊都子との生活を長年にわたって和裁の座り仕事で支えてきたために、もともと腰は悪いのである。

「ああ、お風呂に入りたい」

と伊都子が遠慮がちにつぶやいたとき、ゆき乃は自らの細い腕を眺めてため息をついた。そんなささやかな願いさえも自分ひとりでは叶えてやることができない。昔から伊都子は人一倍きれい好きで、熱が四十度近くあるときもお風呂に入るといってきかなかったひとだ。どんなにお風呂に入りたいだろう。

ゆき乃は思い余って福祉事務所に相談してみた。もう他人の世話にはならないなどと言っている場合ではなかった。

「それならデイサービスを利用なさってはいかがでしょうか。リフト付きのワゴン車での送り迎えもありますし、入浴時には専門の職員が介助してくれます。栄養士さんの作った昼食が出て、レクリエーションの時間もあるんですよ。それに、介護する方にとっても、たまには毎日の介護から解放されてほっとできる時間が必要ですからね」

「なるほど。それはよさそうですね」

「お宅の場合はもう要介護認定は受けられていますか？」

ゆき乃は電話口で、介護保険サービスについての簡単な説明を受けた。申請から介護認定調査員の訪問調査などを経て結果が出るまでに一ヶ月かかると聞き、それまで待てないとゆき乃は思った。

「一日も早く入浴をさせてやりたいんです。介護保険は使わなくていいですから、自己負担いたしますから、何とかお願いいたします」

申し込みをすませ、伊都子にこの話をすると、あまり気乗りのしないそぶりを見せた。

「でもいっちゃん、お風呂に入れるのよ」

「ゆきちゃんも一緒に来てよ」

「そういうわけにはいかないの。行けばきっと楽しいわよ。いっちゃんがいないあいだに電気屋さんに来てもらって、エアコン直してもらわなくっちゃ。ね、ひとりで大丈夫ね？」

しぶしぶ納得して迎えの車に乗り込んだ伊都子だったが、いざ入浴の段になるとパニックを起こしてふるえ出し、ゆき乃の名前を呼びながら迷子の子供のように泣き続けた。職員は困り果ててゆき乃に連絡を入れ、伊都子は昼前に送り返されてしまった。ぐったりと体力を消耗し、食事にも口をつけようとしない伊都子を見て、ゆき乃はひどいことをしてしまったと後悔した。

「阿部さんにはデイサービスは無理みたいですねー。吉村さんが近くにいないとひどく不安なんでしょう。安心できるご自宅のお風呂が一番だと思いますよ。ホームヘルパーを頼んで入浴の介助をしてもらうことをお勧めします」

連れてきた職員にそう言われて、ゆき乃は思わず涙が出た。親切でやさしそうな青年なのに、男だというだけで伊都子にはおそろしく見えるのだろうか。

「いっちゃん、ごめんね。こわかったのね。もうどこへも行かせないから、ゆるしてね。そうね、ヘルパーさんを頼みましょうね。やさしい女の人に手伝ってもらえばこわくないでしょう。ヘルパーさんとふたりきりにはしないから、いつもあたしがそばにいるから、心配しなくてもいいのよ」

何度もそう言って髪の毛を撫でてやると、伊都子はようやく安心して眠りについた。

思えばあれが予兆だったのかもしれないと、ゆき乃はあとになってから考えることになった。そのことがあってからほどなくして、伊都子に痴呆《ちほう》の症状が出はじめたのである。

芳之が東京出張のついでにふたりの家を訪ねてきたのは、ちょうど伊都子がヘルパーを怒鳴りつけている最中のことだった。

伊都子が倒れたと聞いてから、芳之は遠く離れた老母のことを何かと気にかけて、電話をかけてきたり上京のたびに会いに来たりするようになった。ゆき乃が動けなくなったら札幌に引き取るつもりだったが、その話をするとゆき乃はすぐに電話を切ってしまう。伊都子と引き離されることをゆき乃が何よりもおそれていることも、芳之にはわかっていた。それでも、老老介護が引き起こすさまざまな悲劇を新聞などで読むにつけ、このままあのふたりを一緒にしておくわけにはいかないと芳之は考えていた。

「あたしは一度あなたを捨てた母です。今さらあなたの世話にはなりません」

とゆき乃が言うたび、芳之はやさしく言い返す。

「母親が子供を捨てるより、子供が母親を捨てるほうが難しいんだよ」

こんな息子はめったにいるものではないと、ゆき乃は感謝している。それでも、どんなことになっても、伊都子と離れるつもりはなかった。離れたら伊都子はすぐに死んでしまうだろうし、自分もまた生きてはいないだろう。もしふたりとも動けなくなったら、ふたりで死ねばいいのだ。ゆき乃はそう思っていた。

「来週出張でそっちに行くから、顔を見に寄るよ」

と芳之に言われれば、やはりうれしく、心待ちにしてしまう。でも寝たきりになってからの伊都子を見たら芳之は驚くに違いない。あの颯爽としたかっこいい阿部先生の面影を今の伊都子に見つけることは難しい。芳之の顔を見てもわかるかどうかわからない。ときにはゆき乃の顔もわからなくなることがあるのだ。

「あんたはもう来なくていい！　とっとと帰れ！　二度と来るんじゃないよ！」

何が気に入らないのか今日は朝からずっと機嫌が悪く、ヘルパーに当たりちらし、風呂の湯が熱すぎると言って怒りのためにぶるぶるふるえながら裸でヘルパーを罵倒しているときに、芳之が入ってきたのだった。慌てて伊都子にバスタオルをかけながら、ゆき乃はまずいところを見られたと思った。その場の険悪な空気を取り繕《つくろ》うように、芳之はわざと明るく、

「先生、怒鳴り方が昔のままだねえ。授業中にうるさいやつがいたら、あんたはもう授業受けなくていい、とっとと帰りなさいって、そっくりそのままだよ。こういうことって変わらないいんだなあ」

と言って苦笑した。そしてヘルパーに、

「すみませんね。この人、昔高校の先生やってたから、気にさわる言い方するかもしれないけど、気にしないでね」

と声をかけてフォローした。伊都子は芳之が誰かわからないようだった。

「いえ、こういうことには慣れてますから」

と、ベテランのヘルパーは動じる様子もない。

「申し訳ありませんが、お帰りください。一度言い出したらきかないいんです」

ゆき乃はヘルパーに頭を下げた。

「わかりました。ベッドまで運んでからにしましょうか？」

このヘルパーには体を触られるのもいやなのだと、伊都子が全身で訴えている。芳之にもそれがわかるのか、

「おれがやりますから」

と申し出てくれたので、ゆき乃はほっとしてヘルパーを帰した。

「あんたは何組の誰だっけ？」

先生と呼びかけられると悪い気はしないらしく、急に機嫌を直して伊都子は芳之に体を預けた。

「先生、おれのこと忘れたのか。三組の吉村ですよ」

「のりちゃん、生徒が来てくれたの」

「あら、よかったわねえ」

名前を間違えられても、ゆき乃はいちいち訂正しなくなった。そんなことをしていたらきりがない。

伊都子を抱きかかえて介護ベッドまで運んでくれる芳之を見ていると、男の人が家の中にいるだけでどんなに心強いかをゆき乃は感じずにはいられなかった。介護は力仕事であり、休みのない肉体労働の連続だった。愛する者が壊れ、衰えて、死に向かってゆくさまと正面から対峙《たいじ》し続けなくてはならない試練の連続でもある。そして状態がよくなることは決してないのだ。

「助かったわ。男の人は力があるのね」

伊都子が怒鳴り疲れてうとうとしはじめたので、ゆき乃はようやく息子に笑顔を見せた。伊都子の寝室に入ると、芳之は思わず顔をしかめた。部屋じゅうにすさまじい臭気がしみついていたからである。

「もうこれで五人目なの。どのヘルパーさんも気に入ってくれなくて」

「昔から気難しい先生だったからね。おふくろも大変だな」

「あなたのこと、わからなかったみたい。でも完全にぼけているわけじゃなくて、時々は普通に戻るのよ」

「のりちゃんって誰のこと?」

「昔の女よ。最近いろんな女の名前が出るの」

芳之が吹き出すと、ゆき乃もつられて笑った。声を出して笑うのはとても久しぶりだと思った。

「腰はどう?」

「今日はいいみたい。ありがとう」

「捻挫した足首は? もう痛くないの?」

「まあ何とかね」

息子とこうしてしみじみと話していると、介護の疲れが少しずつ癒《い》えていくような気がする。誰かにちょっとした気遣いをしてもらうことは無条件にうれしい。日常的に気遣いをする立場にいるから、たまにやさしい言葉をかけてもらうと涙が出そうになる。でも子供のいない伊都子のことを思うと、息子に甘えるのは申し訳ないような気もするのだ。

「ずいぶん痩せたなあ。それにひどく疲れてるみたいだ」

「暑くてね、ここんとこあまり寝られないのよ」

「エアコン、買い換えたんじゃなかったの？」

「買い換えたんだけれどね、つけると今度は寒いって言うから」

夜寝られなくなったのは、それだけではない。伊都子のトイレが頻繁になって、夜中に三回も四回もゆき乃を起こすためだった。夜のあいだだけでもおむつを使ってくれると助かるのだが、それはひどくいやがるのである。

「いつまでこんなこと続けるつもりだよ？」

「最後まで。いっちゃんを看取《みと》るまでよ」

「こんなことしてたら共倒れになっちゃうぞ。先生を施設に預けて、札幌に来ればいいじゃないか。伸子もそう言ってくれてるし、おふくろの部屋も用意してあるんだよ」

「札幌はいや。寒いもの」

「うちは床暖房であったかいよ。寒い思いなんかさせないよ」

「いっちゃんを一人にして自分だけぬくぬくと暮らすわけにはいかないわ。それは何度も言ったでしょう」

「じゃあ、札幌で受け入れ施設を探せばいい。なるべく近所で。そうしたら毎日先生と会えるだろう？」

「これ以上この話をするんだったら、もうお帰りなさい。何度言われてもあたしはこの家を離れる気はないの。お願いだからあたしたちを引き離さないで！」

芳之の顔が悲しげに沈んでいくのを見て、ゆき乃は激しい自己嫌悪に陥った。差し伸べてくれる手を振り払うたびに、やりきれない思いが澱《おり》のように溜まっていく。

「わかったよ。でもね、ひとつだけ覚えておいてほしい。先生はあんたと二十八年も一緒に暮らしたけど、おれはたったの十六年しか一緒にいられなかったんだ。せめて老後の面倒くらい見させてくれよ。おれにはたったひとりの母親なんだぜ。もう一度一緒に暮らしたいんだよ」

ゆき乃は涙を必死にこらえ、空っぽの湯呑みを飲むふりをした。

「芳之、あなた、いくつになったの？　そんなこと言ってると、伸子さんにマザコンだって嫌われるわよ」

「マザコンで結構だよ。いくつになっても子供は母親が恋しいんだよ。先生だけがあんたを独り占めするなんて、ずるいじゃないか。もういいかげん、おれのおふくろ返してほしいよ」

「シーッ、聞こえるわよ」

「聞こえたってかまうもんか。大体、おれは昔からあの女が大嫌いだったんだ。おれの大事なもの全部盗《と》っていきやがって。人の家庭ぶち壊しやがって。こんな姿になって、ざまあみろだよ！」

そのとき、ゆき乃が芳之の頭をぴしゃりと叩いた。だだをこねる子供を叱りつけるときのような叩き方だった。

「いっちゃんの悪口言うひとは、もうここに来ないで。あたしたちのことは、ほっといてちょうだい」

母の手があまりにも小さく、その力があまりにも弱々しいことに、芳之は衝撃を受けた。お小遣いを渡してから帰ろうと思ったが、受け取ってくれそうもないので、玄関先に一万円札を何枚か包んで、出て行った。

「ごめんね。でも、もう来ないでね」

ドアを閉めようとするとき、消え入りそうな小さな声が芳之の背中に降りかかってきた。芳之は無言でドアを閉めた。母親に二度捨てられたような、とてつもない寂しさを嚙みしめていた。


ひときわ暑かった夏が終わり、涼しい風が吹いて、庭の渋柿が色づく頃になると、伊都子の症状は目に見えて悪くなっていった。トイレが間に合わなくなり、尿意や便意を伝える前に漏らしてしまう。漏らしているということさえ、伊都子は気がつかないことがある。こうなるとおむつをしてもらうしかない。食事したことを忘れ、何度でも朝食を要求する。そうかと思うと、まったく何も食べなくなってしまう。修学旅行へ行くのだと言い出し、荷物を詰めてくれるよう「サチコ」や「カズミ」に懇願する。あたしの通帳と印鑑を返せ、と急に怒り出す。

「いっちゃんの頭の中はどうなっているのかしら。覗いてみたいわねえ」

伊都子の妄想に振り回されてゆき乃がへとへとになっていると、ふいに正気に戻ってゆき乃の体をいたわってくれたりする。まるでジェットコースターに乗っているような日々だった。

ゆき乃が一番おそれているのは、伊都子が静かに眠っているときにこのままあの世へ行ってしまうのではないかということだった。伊都子はひどく安らかな顔で眠るのだ。だからゆき乃は時々顔を近づけてちゃんと呼吸しているかどうか確かめずにはいられなかった。呼吸を確認すると、ゆき乃はいつも頰ずりをして髪の毛を撫でた。それは伊都子の好きな仕草だった。伊都子におむつを当てるようになっても、ゆき乃は介護ベッドの隣に布団を並べて寝ていた。夜中に伊都子が目を覚ましたとき、少しでもゆき乃の姿が見えないとおそろしく不安がるからだ。

そんなとき、六人目のホームヘルパーが派遣されてきた。ベテランの女性を希望したのに、何かの手違いがあったらしく、やって来たのはまだ二十代の青年だった。しかもホームヘルパー三級の資格しかもっていない。そのうえ茶髪で、耳たぶにピアスをして、キース・ヘリングのTシャツなんか着ている。

「ごめんなさいね。男の人はこわがるのよ」

とゆき乃が言うより早く、

「わあ！　きれいな絵がこんなにいっぱい！」

と青年は目を輝かせて家じゅうに飾ってあるゆき乃の肖像画を見てまわった。どことなく線が細くて、女性的な雰囲気がある。

「ステキな絵ですね！」

「そうでしょ。この婆さんもね、昔はこんなにきれいだったのよ」

伊都子が拒否反応を示していないのを見て、ゆき乃は意外に思った。それどころか、にこにこと青年に話しかけている。こんなに上機嫌の伊都子を見るのは久しぶりのことだった。

「これ全部、あたしが描いたの」

「すっごい！　絵描きさんだったんですか？」

「ううん、そんなんじゃないの。学校で美術を教えていただけ」

どうやら今日は意識がクリアになっているようだ。

「へえー、阿部さんは先生だったんですね。ぼく丸尾です。まだ新米ホヤホヤなんですけど、一生懸命お世話させていただきますので、よろしくお願いしまーす」

「はい、よろしくね。あたしわがままだけど、がまんしてちょうだいね」

伊都子が気に入ったのならゆき乃としても文句はない。丸尾くんはなよなよっとしていて、男をまったく感じさせないので、伊都子は安心できるのかもしれない。ゆき乃はとりあえず一日様子を見てみることにした。

「ぼくのおばあちゃんも小学校の先生だったんですよー。去年亡くなりましたけどね。ぼくと母とふたりでずっと面倒見てたんです。こわい先生だったらしいんですけど、最後はちっちゃくてかわいくて、仏さまみたいでした。大好きだったなあ」

そんなことを話しながら、丸尾くんは伊都子の体を丁寧に洗った。確かに老人の世話をし慣れていて、こまかいところまで実によく気がまわる。彼のように肉親の介護の経験を生かしてヘルパーになる人は多いようだ。それだけにきついところのある中年女性が多いのだが、こんなに柔らかい物腰のヘルパーは初めてだった。

「ああ、さっぱりした。あんたは髪を洗うのがとっても上手ね。どうもありがとう」

伊都子がヘルパーに礼を言うのも珍しいことだった。よほど気に入ったに違いない。今度ばかりは長続きするかもしれない、とゆき乃は希望をもった。

二度、三度とかよってくるうち、ふたりはすっかり打ち解けて、いっちゃん、マルちゃんと呼び合う仲になっていた。もちろんゆき乃もゆきちゃんと呼ばれる。ヘルパーというよりはうんと若い友だちができたようで、彼が来ると家の中がぱっと明るくなるようだった。

「今度はマルちゃん、いつ来るの？」

伊都子は丸尾くんの来る日を心待ちにするようになった。ゆき乃にとっても彼には安心して伊都子を任せられるので、ほっと一息つく時間ができる。入浴の介助だけではなく、食事の介助やおむつ交換、布団干しや歯磨きや耳垢取りなども彼になら気兼ねなく頼めるのである。これまでそういったことをヘルパーに委ねるのは伊都子がいやがったし、ゆき乃にも抵抗があったので、入浴の介助だけお願いしていたのだ。

伊都子の気分がいいときには車椅子で庭に連れ出し、日光浴をさせてくれる。伊都子の食が進まないときにはキッチンに立って、おばあちゃんが喜んで食べていたという特製料理を作ってくれる。ミルク粥、ちらしずし、きのこうどん、海老をすりつぶして煮込んだスープ、栗きんとん、はちみつのアイスクリーム。味もプロ並みだが盛り付けも繊細で美しい。少しでも食欲を出させるためにあの手この手で工夫する。

「うーん、我ながら最高！　このとろけそうな食感がたまんなーい！　ほら、いっちゃんが食べてくれないと、マルちゃんとゆきちゃんで全部食べちゃうよー」

「マルちゃん、ホント、こんなにおいしいの初めて！」

「でしょでしょ？　イケてるでしょ？」

「いっちゃんも食べればいいのに、ねえ。もったいないもったいない」

「ほっときましょっ。ふたりで全部食べちゃいましょっ。あーん、もう、おいしい！　とまらなーい！」

丸尾くんの料理はとてもおいしいので、いつのまにか夢中で食べてしまう。すると伊都子もそわそわしはじめるというわけだ。

彼がつい口にするオネエ言葉はあまりにも自然に彼の風貌に馴染んでいて、ふたりとも彼の人格の一部として受け止めていた。世間体を考慮してこれまでほかのヘルパーには姉妹と偽ってきたのだが、彼にはふたりの関係を隠す必要はなかった。

「おふたりは本当に仲がいいんだなあ。うらやましい」

「何十年も一緒にいるから。夫婦みたいなものね」

「ううん、夫婦だともっと憎しみあってるよ。こんなお宅はめったにないもん」

「長い年月のあいだには、これでもいろいろあったのよ。いっちゃんは、それはそれは女の子にもてたから」

「ひゃー、ほんと？」

「『ろくでなし』ってシャンソンがあるでしょ？　あの歌のね、ろくでなし、ろくでなしってところを、すけこまし、すけこまし、って生徒たちの前で歌ってたのよ。不良教師もいいとこだったの」

「ワーオ」

「あなたよくそんな古いこと覚えてるわねえ。あの歌は年にいっぺん、謝恩会のときの特別サービスだったのよ。なんでゆきちゃんが知ってるのかしら」

「芳之に聞いたのよ」

「ゆきちゃんこそ、それはそれは男の人にもてたのよ。いつ男に奪われるかって、あたし気が気じゃなかった。今でも少しは心配だけれど」

「あら、あたしはいっちゃんと違って、ほかの人に色目なんか使いませんでしたよ」

「はじめはね、あたしたち不倫の関係だったの。このひとには家庭があったの。このひとの旦那さんに知られてしまってね、ある日学校へ訪ねてきたの。女房返せって職員室で喚《わめ》かれたわ。これが人間の言葉かと思うくらい汚い言葉で罵《ののし》られた」

ゆき乃はびっくりした。そんな話を聞いたのはこれが初めてだったからだ。ぼけてしまって記憶が混乱しているのだろうか。それとも本当にそんなことがあったのだろうか。

「それでいっちゃん、どうしたの？」

丸尾くんが伊都子の足をさすってやりながら真剣に訊いた。

「どうもしやしない。黙って聞いて、それから土下座したの。おゆるしください、ゆき乃さんをください、ってね。彼が土足だと気づいたのはそのときだった。彼は靴を履いたまま、あたしの頭を踏みつけにしたの。汚い言葉を叫びながらね。そのうちに他の先生たちに締め出されて、それでおしまい」

夫に靴で踏みつけにされたのは自分のほうだ、とゆき乃は思い出していた。伊都子はゆき乃からその話を聞いて、自分の体験とごっちゃにしているのだろう。いやそれとも、その体験をしたのは伊都子のほうで、自分のほうが記憶違いをしているのか。考えても、考えても、ゆき乃にはわからなかった。

自分も遠からずぼけるかもしれない。いや、すでにぼけているのかもしれない。このあいだもお醤油を三回続けて買ってしまった。切れているから買っておかなくてはと思っていて、すでに買ったことを忘れてまた買うということを繰り返してしまったのだ。たまにだが、おつりの計算もまったくできないことがある。市役所へ行くために循環バスに乗ったとき、降りるのを忘れて二時間も乗り続けたこともある。あのときも自分の感覚ではほんの十五分乗っていただけだったのだ。

ゆき乃は初めて実感として、足元を掬《すく》われるような恐怖を覚えた。肉体の衰弱もおそろしいが、ふたりでぼけてしまうことのほうがもっとおそろしかった。意識さえしっかりしていたら体が動かなくなっても、どうにでも助けを求めることはできる。しかしもし、ふたりで別の次元に入り込んでしまったら。寝たきりの伊都子を置いて徘徊をはじめてしまったら。伊都子のことを認識できずに、伊都子に危害をくわえるようなことがあったら……。

それを思うと、ゆき乃はいてもたってもいられないほど不安が募ってきた。夜も眠れなくなり、一晩中ふるえながら伊都子の寝顔を眺めているのだった。

丸尾くんが来るようになってから、伊都子の症状は安定し、いくらか元気を取り戻したかに見えた。それにひきかえゆき乃はあまりものを食べなくなり、ぼんやりしていることや、畳の上でごろんと横になっていることが多くなった。それでもどんなに体がきつくても、伊都子の世話は手を抜かずに全力でやった。自分がしっかりしなければ共倒れになるという強迫観念にも似た責任感だけが、今のゆき乃を支えているのだった。

芳之は顔を見せることはなくなったが、このあいだ携帯電話を送ってきた。もし何かあったらすぐにこれで自分の携帯に電話するように、と言ってくれたが、ゆき乃は電話の説明書を読んでもわからなかったので、丸尾くんに使い方を教えてもらった。

「ほら、この短縮ダイヤルを押せば、いちいち番号全部押さなくても息子さんに通じるんだよ」

「まあ、便利だこと」

「僕の番号も登録しといたから、もし息子さんのところが通じなかったら、僕にかけてね」

「ありがとう」

「ちゃんと毎日充電しなくちゃだめだよ」

「はいはい」

「練習してみようか。僕の携帯にかけてみて」

「えーと……あっ、かかったわ」

「じゃあ今度は僕がゆきちゃんにかけてみるね」

「はいはい、もしもし？」

「オーケー、できたじゃない。着メロは何にする？」

「なあに、それ？」

「呼び出し音を好きな音楽に変えられるんだよ。設定してあげるから、いっちゃんとふたりで選びなよ」

「何でもいいわ。マルちゃんに任せる」

「メールも送れるんだけど……ま、それはいいか」

これだけのことを覚えるのにゆき乃は疲労困憊したが、いざというときにこれがあれば役に立つだろうと思い、必死で覚えた。目も耳もすっかり悪くなった。伊都子に呼ばれてもなかなか聞こえないときがある。疲れて横になっているときはどんなに呼ばれても気づかず、伊都子が癇癪を起こしてしまう。

「ゆきちゃん、眠ってるの？」

「起きてるわよ。どうしたの？」

「すまないけど、あれを見せてくれる？」

「あれ、また見るの？　好きねえ」

あれというのは画集のことである。しばらく前に丸尾くんが伊都子に何かしたいことは

ないかと訊いたとき、

「そうねえ、きれいなものが見たいねえ」

と言ったので、彼が図書館でいろんな画集を借りてきてくれたのだ。ルオー、ロセッティ、ルノワール、シャガール、東山魁夷、加山又造、上村松篁《しょうこう》。伊都子が気に入ったのは意外にも上村松篁だった。

若い頃はどちらかといえば重厚なタッチの油彩を好み、自分で描くときもそういう絵だったのに、ここへ来て花鳥画に興味を示すとは、おもしろいものだとゆき乃は思った。食べ物の嗜好と同じように、若いうちはこってりした洋食をさかんに食べても、年を取るとあっさりめの和風に行き着くのだろうか。

「どの絵がいい？」

「いつもの、あれ」

「はいはい。いっちゃんのお気に入りね」

伊都子の好きなのは「燦雨《さんう》」という絵で、そのページばかりいつまでも眺めている。ゆき乃が重たい画集を支えて伊都子に見せるのは大変なので、丸尾くんがカラーコピーを取ってきて透明なファイルに入れ、いつでも好きなときに伊都子が眺められるよう、枕元に置いてくれた。ゆき乃は画集を持ち上げるのさえ難儀なほど、疲れ切っていたのである。

それは熱帯のスコールが、三羽の孔雀《くじゃく》と真っ赤な火炎木に降り注いでいる絵であった。

なぜこの絵がそんなに伊都子を惹きつけるのか、ゆき乃にはわからない。とりたてて孔雀が好きだったわけでもないし、熱帯の国へふたりで旅したこともない。毒々しいほど赤い花はむしろ嫌いなはずだった。

「こういうところへ行って、スコールを浴びてみたいの？」

とゆき乃が訊いても、何も言わない。ただ黙って絵を見ている。

冬に入ると、ゆき乃は風邪をひいて高熱を出した。ちょうど丸尾くんの来る日だったので、彼が異変に気づき、タクシーで病院に連れて行ってくれた。こじらせて肺炎を起こしかけており、点滴が必要なので一晩入院することになった。

「おばあちゃん、過労がかなり溜まってるみたいですね。心臓も弱ってるし、全身の機能が衰弱しています。しばらくここでゆっくりしていきませんか？」

と医師にやさしく言われたのだが、ゆき乃が頑固に拒絶したため、一晩だけでゆるしてもらったのである。その一晩さえゆき乃は断ろうとした。

「いっちゃんを一人にはしておけないわ」

「今夜は僕が泊まってあげるから。いっちゃんのことは心配ないよ。安心して入院してね」

ゆき乃はさすがに心細くて泣き出してしまった。丸尾くんはゆき乃が泣き止むまでずっと手を握りしめていた。

「マルちゃんにお願いがあるの」

「なあに？　僕にできることなら、何でもするよ」

「もしあたしが死んだら、いっちゃんを特養のホームに入れてほしいの。郵便局に八百万円入ってる。通帳と印鑑は裁縫箱のなかにしまってある。マルちゃんにもお礼として五十万円さしあげます。正式な遺言状を書いてもいいわ」

　ゆき乃は懸命に懇願した。芳之が伊都子を嫌っている以上、ほかに頼める人はいなかった。

「ゆきちゃん、もし僕が悪い人だったらどうするの？　そんな大事なこと、うっかり人に教えちゃだめだよ」

「あなたは悪い人じゃないわ。あたし、人を見る目はあるの」

「信じてくれて、ありがとう。いっちゃんのことは引き受けたよ。もしいっちゃんのほうが先に逝《い》っちゃったら？」

「あたしがひとりでホームに入るわ」

「息子さんのところには行かないの？」

「行かない」

　ゆき乃はきっぱりと言った。

「わかった。わかったよ。でも僕、五十万円もいらないよ。手間賃なら五千円でいいよ」

「いいえ、さしあげます。あたしにはお葬式もお墓もいりませんからね。棺《ひつぎ》の中にいっちゃんが描いてくれたあたしの絵を一緒に入れて燃やしてね」

ゆき乃を病院に残して丸尾くんが伊都子の家に戻ると、伊都子はうすぼんやりとした表情でいつもの絵を眺めていた。こういうときは記憶が混濁しているほうが心配しなくていいから楽だろうと丸尾くんは思った。今日は彼のことを同僚の教師だと思って話している。

ふたりが別々に一夜を過ごすのは倒れてから初めてのことだった。伊都子が自分に戻ったとき、ゆき乃の不在を不安がるに違いないので、丸尾くんはできるだけ話を合わせて同僚の教師を演じ続けた。

だが夜中に伊都子は冷静な声を出して丸尾くんを起こした。彼が電気をつけて覗き込むと、しんとした声で話があるのだと言われた。

「この機会にお願いしたいことがあるの。あたしが死んだら、ゆきちゃんを息子に返してあげてほしいの。この家と土地はゆきちゃんが相続するように遺言書を作ってあるから、司法書士と相談して売るなり貸すなりして、ゆきちゃんが肩身の狭い思いをしなくてすむようにしてあげてね。あたしには墓も葬式もいらないからね。棺にはゆきちゃんの写真でも入れてちょうだい」

やれやれ、ふたりとも同じことを考えている、と丸尾くんは苦笑した。

「もしゆきちゃんが先に死んだら？」

「あたしも死ぬわ。すぐ死ぬわ」

「自殺するの？　どうやって？」

「自殺じゃないわ。ゆきちゃんの心臓が止まるとね、あたしの心臓も自然に止まるの」

伊都子は大まじめに言った。

「何それ、どういうこと？」

「そうなりますようにって、毎日お祈りしてるからね」

「ふうん、そうなるといいねえ」

丸尾くんは電気を消して布団に戻った。

「そうなるわよ。きっと」

それは伊都子が倒れてから、いや、ふたりが一緒になってから、脳の血管が切れそうなくらい願って願って願い続けたことだった。ふたりはもはや一心同体であり、どちらかが死んだら生きてはいられないほどに、深くつながっていたのである。


伊都子が桃の缶詰を食べたいと言い出したのは、大晦日《おおみそか》の夜のことだった。

丸尾くんは年末年始の休暇を取っていて一週間来ていなかった。それまではコンスタントに週三日は来てもらっていたからゆき乃はずいぶん助かっていたのだが、しばらくのあいだはまたひとりで伊都子の介護をしなくてはならない。代わりのヘルパーを頼む気にはなれなかった。

「この家はなんて汚いのかしら。どこもかしこもほこりだらけ。ちょっとおばさん、お金はお支払いしているんだから、大掃除をしてちょうだい。これじゃあなた、お正月を迎えられませんよ」

伊都子はゆき乃を家政婦か何かと思い込んで尊大に命令した。暮れの大掃除は毎年三日くらいかけて丁寧にやっているが、さすがに今年は体がしんどい。

朝起きてまず伊都子のおむつを替え、湯を沸かして洗顔と歯磨きをさせ、朝食を作って食べさせ、汚れ物を洗濯し、またおむつを替え、昼食を作って食べさせ、またおむつを替え、洗濯物を取り込んで畳み、夕食を作って食べさせ、またおむつを替え、体を拭いてやり、その合間にも二時間おきに体の向きを変えてやる。三日に一度は買出しにも行かなくてはならない。食事を作って食べさせて自分も食べて片付けるまでに二時間はかかってしまう。ゆき乃はもうぼろぼろだった。とても大掃除などしている余裕はなかった。介護に正月休みはないのである。

それでも伊都子に命令口調で言われたら従わないと癇癪を起こされる。ひどい言葉を聞きたくないので、ゆき乃はめまいを覚えながら掃除機をかけ、雑巾がけをした。

「シーツが臭いの。取り替えてちょうだい」

「シーツならきのう替えたでしょう」

「口答えするんじゃない。使用人のくせに」

「じゃあクビにしてくださいな」

「うるさい。シーツを替えなさい」

「いやです」

「替えろったら、替えろ！」

普通のときの伊都子はとてもやさしくて謙虚なのに、痴呆状態のときはたびたびこんな物言いをする。それを聞くのがゆき乃にはたまらなくつらい。丸尾くんだったら、

「いじわるばばあの面倒は見てあげないわよ！」

とオネエ言葉でかるくいなしてくれるのだが。結局はあきらめてシーツを替えてやる。今のゆき乃にはそれは大変な重労働だった。

「桃の缶詰が食べたい」

「悪いんだけど、今うちには買い置きがないのよ」

「じゃあ買ってこい」

「もう遅いし、今夜は大晦日だからスーパーは早じまいするんじゃないかしら」

「コンビニに行けばいい」

「……どうしても食べたいの？」

ああ、いっちゃん、早くいつものいっちゃんに戻って。やさしくて思いやりのあるいっちゃんに戻って。ゆき乃は祈るように目を閉じた。でも結局はコートを着て外に出た。

コンビニまでは健康な人間の足なら五分だが、ゆき乃の足では十分かかる。雪になりそうなほど冷え込む夜だった。人通りはほとんどない。家々の窓辺から紅白歌合戦の音が漏れてくる。ふたりで鍋を囲みながら見たかつての思い出がよみがえる。

そのとき、強烈な胸部の痛みがゆき乃を襲った。冷や汗が滴《したた》るように流れてきた。痛みは胸から左肩を越えて背中にまでひろがっていく。吐き気もした。疲れているのだ、とゆき乃は思った。

しばらくその場にうずくまって痛みが過ぎ去るのを待ったが、痛みは弱まるどころかどんどん強くなっていく。ゆき乃は我慢してもつれる足で店まで行き、やっとの思いで桃の缶詰をひとつだけ買うと、脂汗を流しながら家までの道を這うように歩いた。そのあいだにもただ事ではない痛みが胸を突き刺し、何度も足を止めて深呼吸をしなくてはならなかった。死ぬかもしれない、帰ったらすぐに救急車を呼ばなければ、とゆき乃は思った。

伊都子はうとうとしながらゆき乃の帰りを待っていた。いつになく明晰な頭で、ゆき乃はこんな時間に一体どこへ行ってしまったのだろうと考えていた。ドアの開く音がすると、伊都子はほっとして目を開けた。

「おかえり。どこ行ってたの？」

と言ったとき、ゆき乃が缶詰の入った袋を落とし、声にならない叫びをあげて、胸を掻《か》きむしりながら伊都子に向かって倒れこんできた。

「ゆきちゃん、どうしたの？　ゆきちゃん！　ゆきちゃん！　ゆきちゃん！」

ゆき乃が最後に見たものは、いつもの穏やかな笑顔で自分の帰りを迎えてくれる伊都子の姿だった。ゆき乃は急性心筋梗塞《こうそく》の発作から重症不整脈を引き起こし、伊都子のベッドの上で、伊都子に覆《おお》い被《かぶ》さるようにして、あっという間にこときれた。

「どうしよう……救急車……救急車……救急車！」

伊都子は何とかして救急車を呼ばなくてはならないと思ったが、腕一本動かすことができない。このままでは自分も窒息してしまうだろう。ゆき乃の体が喉《のど》の上にのしかかっているので、声を出すこともできない。

ゆき乃の顔は、伊都子の顔の上にあった。まだかすかにぬくもりのあるくちびるが頬に触れる。ゆき乃の腕がだらりとベッドに垂れている。伊都子はかろうじて動く左手を必死に動かして、ゆき乃の手を求めた。その手はまだあたたかく、そっと握りしめると握り返してくれそうな気がした。

ゆき乃のコートのポケットの中で、「ろくでなし」のメロディーが鳴り出した。携帯電話が鳴っているのだ。芳之か丸尾くんが心配してかけてきたに違いない。電話に手が届きさえすれば、ゆき乃を助けられるかもしれないのに。伊都子は麻痺の体を呪い、歯ぎしりして、無力感に泣いた。

ゆき乃はだんだん冷たくなっていった。伊都子もだんだん呼吸が苦しくなっていった。

遠くから除夜の鐘が聞こえてきた。伊都子は目を閉じて鐘の音に耳を傾けていた。鐘の音が聞こえなくなると、しんとした静寂が世界を覆った。真っ白い静寂のなかで、時折思い出したように「ろくでなし」のメロディーが鳴った。

朦朧とする意識のなかで、伊都子はしかし、至上の喜びを嚙みしめていた。あの残酷な神さまがようやく自分の願いを聞き入れてくれたことに心の底から感謝しながら、伊都子はゆき乃と抱き合うような格好で、ゆっくりと絶命していった。

ふたりの姿を最初に発見したのは、正月明けに訪ねてきた丸尾くんだった。ふたりは仲良く手をつないで、安らかに微笑みあっているように見えた。燦々《さんさん》と降る雨に浄《きよ》められて、今まさに天上へと飛び立っていく、つがいの鳥のようだった。

解説

酒井順子

同性同士で旅をする時、普段は仲が良いのに、旅先では「この人とは、合わないかも」と思える相手がいるものです。はたまた、さほど普段は親しいわけでもないのに、旅の感覚は妙に合う、という人もいる。

この違いは何なのだろう、と考えてみると、旅を一緒にして楽しい同性とは、つまり「もしも自分が男だとしたら、セックスできる」と思うことができる相手であるように思うのです。肌や髪の質感、食べ方や眠り方や歯の磨き方、寝起きの顔、汗のかき方や身体の匂い……等々、つまりは生理的な条件が自分の好みと合致する同性が、朝から晩までべったり一緒に過ごす旅の相手には向いているのではないか。

同性を愛する資質を私が持っていたなら、「性格が合う」とか「趣味が同じ」といった条件よりも、おそらく「一緒に旅をして楽しい人」を好きになるのだろう、と思うのです。同性同士であっても「肌が合う」という感覚は確実にあるのであって、ヘテロセクシャルの女性であっても、それはどこかで確実に感じているのでしょう。

この短篇小説集に出てくる人達は、いつも敏感に、自分と合う肌の匂いを、探していきます。日常生活の中からかすかな匂いを感じ取り、慎重に、しかし大胆に近付いていく様子は、周囲にちりばめられた小道具が「イカ焼き」や「肉じゃが」といった、日常感あふれる物であったりするからこそ、余計に私達をドキドキさせるのです。

しかし肌の合う相手とどれほど肌を合わせても、彼女達の中にはどうしても壊すことのできない、大きな重い壁があるような気がするのです。してその壁とは「子供の不在」という事実が作るもの。

女同士の愛情やセックスの快感を、私は想像してみるしかありません。しかしこの本を読むうちに、私は彼女達と何か大きなものを共有している気持ちになってきたのです。してその共有するものとは、やはり「子供の不在」という事実なのでした。

私は子供を産んでおらず、おそらく今後産むこともない者であるわけです。この本に出てくる女性達も、どれほど相手を愛しても子供が生まれることはないという宿命を抱えていて、彼女達の中にある壁は、私の中にもある。壁の向こう側とは決してつながることがない、という気持ちを、私達は共有しているのです。

「鶴」において主人公は、

「たづさんの中で射精したい。二人の赤ちゃんがほしい。ゆずちゃんの代わりをあなたに授けてあげたい」

と言いながら、男性のように腰を上下させます。彼女は、死んだ子供によってつながっている田鶴子夫婦を、引き離すことができません。そのことを思い知らされるラストシーンの、何と残酷なことか。

また「七夕」には、

「あらためて考えてみると子供をつくらない人生というのはそらおそろしいものである。老後のさびしさのみならず、自分の遺伝子を残さずにこの世を去るということに、人類としていくばくかの罪悪感を感じないこともない。国家の年金制度のために子孫を残さないことが申し訳ないのではさらさらないが、これまで脈々と受け継がれてきた遺伝子を自分限りで終わらせることが淡い罪のように思われるのだ」

とあります。私のような者や、そして決して子供ができることのないセックスをする人々の両肩には、この淡い罪が日々、しんしんと降り積もっていくのです。

子供を残さないということは、未来に「つながっていかない」ということです。つながらないことに対する恐怖や罪悪感は、自分がバトンを受け取って走りだしたばかりの頃は、まだ気がつきません。バトンを持っていることが嬉《うれ》しくて、走っていることが楽しくて、どんどん加速度をつけていく。

しかしふとした瞬間に気が付くのです。「あれ、私の前にはバトンを渡すべき人が誰もいない」と。他の人は、次の走者にバトンを渡すべくラストスパートをしているのに、私は……？　ゴールまで、一人で走っていかなくてはいけないの？　そんなこと、できるの？　と、不安に背中を押されるように、走るしかないのです。

愛しても愛しても、次につながるものを残すことはできない。つまりどこかで必ず終わりがやってくるという意味で、女同士の愛情関係は、旅のようなものなのかもしれません。この本には様々な女同士の別れが出てきますが、誰かと別れる度に、彼女達は旅を終えたような気持ちになっていたのではないか。旅が刺激的であればあるほど、旅人は早く疲れてしまうことがあるものですが、しかし旅に出ることに疲弊を感じたとしても、帰ってきたならば、また次の旅に出てしまう。そのことに「いつまで私はこんなことを」「いったいいつ、旅は終わるのか」という不安を、旅人は抱くのです。

最後の小説「燦雨」は、つながるものを持たない人全てが抱いているであろうそんな不安に対する、著者からの返答であり、贈り物なのだと思います。愛し合っている女二人が一緒に暮らし続け、老いていく。外の世界から聞こえてくる声を無視しながら、彼女達が心をひらいたのは、やはりつながるものを持たないヘルパー「マルちゃん」。そして二人はかねての祈りの通り、同じ時に最後の瞬間を迎えるのでした。

最後のシーンを読んでいて、私は「燦々と降る雨に浄められて、今まさに天上へと飛び立っていく、つがいの鳥」が、見えたような気がしたのです。老いた二人が重なり合っている姿は、決して曾根崎心中における若いお初と徳兵衛のように劇的ではないけれど、そこからは本当に、水晶のように美しく輝く二羽の鳥が、飛び立つ様が、私の脳裏にはありありと浮かんだ。

伊都子とゆき乃は、最後の旅を終えた瞬間に、永遠の旅に出たのです。二羽の鳥がはばたくことによっておきた風は、私達の頰を、最後にふわりとやさしく撫《な》でていったのであり、その感覚は読者に、生きていこうという気持ちを与えるものなのでした。

本書は平成十六年十月、新潮文庫より刊行された作品です。

花伽藍《はながらん》

中山可穂《なかやまかほ》

平成22年 5月25日　初版発行
令和7年 9月30日　17版発行

発行者●山下直久

発行●株式会社KADOKAWA
〒102-8177　東京都千代田区富士見2-13-3
電話　0570-002-301(ナビダイヤル)

角川文庫 16274

印刷所●株式会社KADOKAWA
製本所●株式会社KADOKAWA

表紙画●和田三造

ISBN978-4-04-366103-9　C0193

角川文庫発刊に際して

角川源義

第二次世界大戦の敗北は、軍事力の敗北であった以上に、私たちの若い文化力の敗退であった。私たちの文化が戦争に対して如何に無力であり、単なるあだ花に過ぎなかったかを、私たちは身を以て体験し痛感した。西洋近代文化の摂取にとって、明治以後八十年の歳月は決して短かすぎたとは言えない。にもかかわらず、近代文化の伝統を確立し、自由な批判と柔軟な良識に富む文化層として自らを形成することに私たちは失敗して来た。そしてこれは、各層への文化の普及滲透を任務とする出版人の責任でもあった。

一九四五年以来、私たちは再び振出しに戻り、第一歩から踏み出すことを余儀なくされた。これは大きな不幸ではあるが、反面、これまでの混沌・未熟・歪曲の中にあった我が国の文化に秩序と確たる基礎を齎らすためには絶好の機会でもある。角川書店は、このような祖国の文化的危機にあたり、微力をも顧みず再建の礎石たるべき抱負と決意とをもって出発したが、ここに創立以来の念願を果すべく角川文庫を発刊する。これまで刊行されたあらゆる全集叢書文庫類の長所と短所とを検討し、古今東西の不朽の典籍を、良心的編集のもとに、廉価に、そして書架にふさわしい美本として、多くのひとびとに提供しようとする。しかし私たちは徒らに百科全書的な知識のジレッタントを作ることを目的とせず、あくまで祖国の文化に秩序と再建への道を示し、この文庫を角川書店の栄ある事業として、今後永久に継続発展せしめ、学芸と教養との殿堂として大成せんことを期したい。多くの読書子の愛情ある忠言と支持とによって、この希望と抱負とを完遂せしめられんことを願う。

一九四九年五月三日

角川文庫ベストセラー

男役　中山可穂

男役トップになってすぐに事故死して以来、宝塚の守護神として語り継がれてきたファントムさん。一方、新人公演で大抜擢されたひかるを待ち受ける試練とは？愛と運命の業を描く中山可穂版・オペラ座の怪人！

娘役　中山可穂

宝塚の娘役と、ひそかに彼女を見守り続ける宝塚ファンのヤクザの組長。決して交わるはずのない二人の人生が一瞬、静かに交差する――。『男役』に続く、好評の宝塚シリーズ第二弾。

熱帯感傷紀行
―アジア・センチメンタル・ロード―　中山可穂

タイ人男性にしつこくナンパされ、かき氷の誘惑にお腹を壊し、スマトラの暴走バスに命からがら……失恋、スランプ、貧乏と三重苦のわたしを待ち受けていたアジアの熱気と混沌。ほろ苦失恋旅行記。

サイゴン・タンゴ・カフェ　中山可穂

南国のスコールの下、タンゴに取り憑かれた国籍も年齢も不詳の老嬢の口から、長い長い恋の話が語られる……東京、ブエノスアイレス、サイゴン――。ラテンの光と哀愁に満ちた、神秘と狂熱の恋愛小説集。

悲歌　中山可穂

音楽家の忘れ形見と愛弟子の報われぬ恋「蟬丸」。隅田川心中した少女とその父の後日譚「隅田川」。変死した作家の凄絶な愛「定家」。能に材を採り、狂おしく痛切な愛のかたちを浮かび上がらせる現代能楽集。

角川文庫ベストセラー

きっと君は泣く　山本文緒

美しく生まれた女は怖いものなし、何でも思い通りのはずだった。しかし祖母はボケ、父は倒産、職場でも心の歯車が嚙み合わなくなっていく。美人も泣きをみることに気づいた椿。本当に美しい心は何かを問う。

恋愛中毒　山本文緒

世界の一部にすぎないはずの恋が私のすべてをしばりつけるのはどうしてなんだろう。もう他人を愛さないと決めた水無月の心に、小説家創路は強引に踏み込んで——吉川英治文学新人賞受賞、恋愛小説の最高傑作。

なぎさ　山本文緒

故郷を飛び出し、静かに暮らす同窓生夫婦。夫は毎日妻の弁当を食べ、出社せず釣り三昧。行動を共にする後輩は、勤め先がブラック企業だと気づいていた。家事だけが取り柄の妻は、妹に誘われカフェを始めるが。

ドグラ・マグラ（上）（下）　夢野久作

昭和十年一月、書き下ろし自費出版。狂人の書いた推理小説という異常な状況設定の中に著者の思想、知識を集大成し、〝日本一幻魔怪奇の本格探偵小説〟とうたわれた、歴史的一大奇書。

少女地獄　夢野久作

可憐な少女姫草ユリ子は、すべての人間に好意を抱かせる天才的な看護婦だった。その秘密は、虚言癖にあった。ウソを支えるためにまたウソをつく。夢幻の世界に生きた少女の果ては……。